ホームセンターごと
呼び出された私の
大迷宮
リノベーション！2
星崎崑
illust. 志田
JN074484

人手がぜんっぜん
足りなぁいっ!!!!

ほらぁ
だから言ったじゃん……

メルクォディア大迷宮の改装を進める
マホとフィオナだったが、人手不足により
思いのほか作業が難航していて――!?

マホの下で働くことになった
獣人族の冒険者パーティ
「雷鳴の牙」のメンバーたち。

ポチ・タマ・カイザーを
“森の主”と崇め敬い――、
親睦を深めながら思い思いに過ごす。

「「せ〜の！」」

ジガ

誇り高い銀狼族の
若き戦士。ある出来事から
マホを主と呼び従う。

この迷宮を、〝大迷宮ダーマ〟と名付けます!!
かんぱ〜い!!
アイネ
異世界に転生し、
勇者に選ばれた
元地球人。

CONTENTS

第一章
003

第二章
188

書き下ろし短編
『フィオナとダーマ迷宮前夜祭』
269

Home center goto
yobidasareta watashi no
DAIMEIKYU
RENOVATION

ホームセンターごと
呼び出された私の
大迷宮
リノベーション！
星崎崑
illust. 志田
2
Home center goto yobidasareta watashi no
DAIMEIKYU RENOVATION !

第一章

「人手がぜんっぜん足りない！」

　1階層の改装を進めながら叫ぶ。

　ダンジョンリノベーションのための資材はいくらでもあるし、少人数でもなんとかなると考えていた時期が私にもありました。

　私、佐伯真秀は、全101階層からなる大迷宮――しかし、閑古鳥すら鳴かない――の、立て直しの準備を進めていた。

　最初に上層階の地図を作成。さしあたりの分として6階層までの作成が終わり、清書して大量にコピーしてストック。

　ここまでは順調だった。

「ダンジョンが広すぎるんだよ。これじゃあ安全性を担保できるレベルまで改装する前に期日が来ちゃうね」

「だから無茶だって言ったじゃん！　『来ちゃうね』じゃないでしょ！」

「そうは言うけどフィオナ。なんとかなると思ったんだよ」

なんたってホームセンターの資材は無限に使い放題。

転移魔法が得意なセーレがいれば、搬出搬入もお茶の子さいさい。予定通りの工事をサクサク進めていくだけ――のはずだったんだけど。

現在やっているのはスライム階層こと1階層の安全通路の作成。

そう。まだ1階層をやっているのである。

残り2週間くらいしかないのに！

2階層までの最短ルート以外の分岐をベニヤ合板で塞いで回ってるんだけど、これが意外と大変なのだ。

ホームセンターで売っている規格の合板は、910×1820ミリだが、当然これだけでは天井までの高さには足りない。ちょうどいいサイズに切ったり貼ったりして、通路を完全に塞ぐ必要がある。そうしないとスライムが通路に侵入しちゃうからね。壁でキッチリ塞いだら、今度はコーキング材で隙間を埋める作業もある。

さらに、何カ所かは扉を作って任意で出入りできるようにする必要がある。魔法使いにとっては、1階層は悪くない（よくもないが）狩り場なのだから。

このダンジョンの微妙なところは、1階層にいる魔物が完全物理耐性（本当に完全なのかどうかはまだ試していない）を持つスライムだけというところだ。

その代わり、魔法にはめちゃ弱くて一番弱い攻撃魔法を当てるだけで倒せるのだが、その魔法が曲者。異世界人なら誰にでもカジュアルに使える力ではなく、神様との契約に成功した人にしか使えない力なのだという。

このダンジョンで活動しているアレス君とティナちゃんも魔法使いで、一度遠目に見たことがあるが、何もないところから炎の槍が出現して敵を攻撃する様は、なかなかファンタジックで良かった。

ちなみにフィオナは、アレス君たちが使うような攻撃魔法は使えないらしい。

契約する神によって使える魔法が違うとかなんとか。この世界の「神」ってなんなんだろうな。

とにかく、材料を切り分けてきて現場に設置してと、けっこう重労働なのだ。

「もう2階層までだけでいいんじゃない？　十分だと思うよ？」

フィオナが自分の身長よりも大きな合板を軽々と運びながら言う。

彼女は『戦士の加護』とかいうのを授（さず）かっているとかで、私よりも力持ちだ。

そうでなくても位階（レベル）が上がっていることで、普通の女の子よりもずっとパワーも持久力もある。

魔神のセーレも手伝ってくれているから、パワー的な部分では不足なくサクサクと進んではいるのだが、それでもマンパワーの不足は如何（いかん）ともしがたい。

丸一日掛けて、まだ1階層の改装が終わっていないという体たらくである。

「このままじゃ、どのみち間に合わないでしょ」

「いやぁ、フィオナ。そう言うけど、これからダンジョンに人を呼び込むわけじゃん？　かつて、この大迷宮に人がわんさか押し寄せた時と同じように、ガチガチの初心者が大量に来るわけなのよ。2階層は当然として、3階層も4階層もそれぞれにクリティカルにヤバいとこあるし。対策しておかないと」

「地図と魔物の情報出すだけで十分だと思うんだけどなぁ……」

「そういう注意書きを読める人間ばっかりじゃないんだよ。我々の想像を遥かに超える無鉄砲がいるものなんだから」

「ムテッポウってのがなんなのかわからないけど、確かにね。ここも最初のころはひどかったもんなぁ……」

ダンジョン発生に沸いたころ。なんの情報も持たず、そこらへんで拾ってきた木の棒オンリー装備みたいな若者が、何人もスライムやゴブリンの餌食になったらしい。

私が手を入れる以上、そんなことは絶対に許さない。

私たちが目指すのは「安全第一、稼げるダンジョン」なんだから。

「ダンジョンの外も、どんどん再開発してかなきゃだしねぇ」

外のほうは、私に化けたドッペルゲンガーのドッピーに任せてある。

私の姿だから何も問題はないだろうけど、ダンジョンの改装とは違ってやることが多い。

あっちはあっちでかなり大変だろう。

再開発用の資材はホームセンターの物を、夜中の間に山積みにしておいた（運んだのはセーレだが）。

現地の人たちに現物支給で働いてもらっている。建材はそれなりにあるから、どうにかなるだろう。貧乏探索者向けの宿としてプレハブを活用してもいい（ホームセンターには完成品のプレハブの見本が置いてあるので、それを丸ごと運べばそのまま使える！　もちろんプレハブも無限在庫）。

なんといっても、こっちは「権力サイド」である。上からヤイヤイ言われずにやれるというのはデカい。

なぜこんなに食料や建材があるのか？　と疑問に思う人がいたとしても、「領主の備蓄」と言えばOKだ。一事が万事それでいける。別に領民にとって不利なことをしてるわけじゃないので、多少の疑問は感じる人も出てくるかもだが、それ以上のことは起こりようがない。

鼻の利く商人とかは異常さに気づくかもだが、私たちがやっているのは基本的に儲け話だ。問題はないだろう。

むしろ問題は、より上位の権力である「国」だが、国にまで情報が行くころにはこっちはとっくに軌道に乗っているはず。

ま、いずれにせよ賽は投げられたのだ。


――といった感じで、急ピッチでメルクォディア迷宮街再始動計画を進めている。

時間はないが、かといって延期も厳しい。

なにせ、毎日潜っていたアレス君とティナちゃんや、彼らが連れて来た街の人（どうも商人らしい）が毎日ダンジョンの入り口まで来て、まだかまだかと再オープンを急かしてくるのだ。

いきなり大人数を呼び込んでスタートするよりも、試運転がてら多少内容に不安があってもプレオープンして、メルクォディアに慣れているアレス君やティナちゃんたちといっしょにすり合わせをしたほうが良いと考えているというのもある。

「う～ん。また例の魔法陣からお手伝い魔族を呼び出しちゃうかぁ？」

「え？　あれ、また使うの……？　もうやめといたほうがいいんじゃ……」

フィオナは反対らしい。

ドッペルゲンガーのドッピーを呼び出したところまではまだ良かったが、自称神の一柱であるセーレを呼び出してからは、けっこうビビっているようだ。

セーレは、見た目は人間というか、白馬に乗った貴公子といった風情だが、全然しゃべらずフリップボードに文字を書いて筆談する変わり者である。

まあ、手伝ってと言えば普通に馬から下りて手伝ってくれるし、悪いやつではない。というか、何を考えているのかよくわからないと言ったほうが適切かもしれないが、いずれにせよ、契約は絶対らしいので変なことをする心配は少ないだろう。

『レディ・マホ。よろしいですか？』

コンパネに釘を打ち付けていたセーレが、フリップに文字を書き何かを訴えている。

イケメンは目力も強い。出会ってから日が浅いが、セーレはあんまり意見を言わないタイプだ。

契約を重視するタイプだからか、私の命令にはかなり忠実な感じ。まあ、そもそも喋らないんだけど……。筆談でも別に困らないけどさ。

「どうしたの？」

『あの召喚陣は私を喚びだしたことで力を失いかけています。小物ならわかりませんが、大物を呼び出すならあと一度が限度でしょう』

「えっ⁉　そうなの？」

じゃあ、人手を呼び出すのは悪手か……？　今後、なんかあった時に切り札になり得るものだし、改装のお手伝いなんて、ある意味、誰でも出来ることのために使うのはもったいないな。

「ありがとありがと。召喚はやめとくよ」

私がそう言うと、セーレは特に表情を変えることもなくマントをひるがえして釘打ちに戻った。

多数決的にもフィオナとセーレで反対2つだし、人手に関しては別の手を考えよう。

「今日のところはこれくらいにしないと、マホ。そろそろ時間」

フィオナが腕時計の時間を確認して言う。

彼女にはホームセンターの時計売り場で好みのものを選んでもらって渡してある。

さすがに数字の形は地球のアラビア数字とこっちのソレとは違ったが、時間の概念は同じだったようですぐに慣れてくれた。

「もうそんな時間か。じゃあ一回戻ろっか。着替えなきゃだしね」

今日は大事な約束があるのだ。

さて。

私たちは、ダンジョンから脱出できた日にフィオナのパパさんであるダーマ伯爵に会った。そして、ダンジョン経営を任せてもらうことになり、再オープンの準備を進めているわけだが、実は領地経営を実際に取り仕切っている人にはまだ会っていなかったりする。

再オープンの準備に領地の財産はほとんど使わず、人も借りていないからここまでは問題なかったが。迷宮街作りは、私の趣味――ではなく、れっきとしたダーマ領としてのオフィシャルな計画である。私は現場指揮者としてそれを請け負っているにすぎない。

実際の運用には「公」を巻き込んでいく必要がある。

「んで、その家令のエヴァンスさんってどんな人なの？」

「う～ん、実は私もあんまし話したことあるわけじゃないんだよね」

「そうなの？」

「たまに家には来るけど、別に話す用事とかないじゃない？　さすがに心配かけたから、一度は顔出しに行ったけどさ」

まあ、そういうものかもしれない。

パパさんの会社の部下……みたいなもんだろうしな。エヴァンスさんからすれば、フィオナは上司の娘か？　そりゃ親しげに話したりはしないか？

「顔出しに行ってどうだったの？」

「けっこう泣かれた。思ってたより心配かけてたみたいでさ。家臣団みんなに囲まれちゃって。ははは」

ははは、じゃないよ。

けっこう愛されてんじゃん、フィオナ。

「そういや、パパさんが領地経営の指揮してるのかと思ったけど、そうでもない感じなんだ？」

「お父様は大きな方針を決めたりとか、そういうのしてるんだと思う。詳しい事はわかんないけど……」

まあ、安定した領地の経営なんて、そんなもんかもしれない。

衣食住を安定供給することが最大のミッションで、第一次産業が99％という感じなんだろうし。

まあ、そんな中でダンジョンという黒船が突然やってきて大パニックになったあげく失敗したってのが今回の話ではあるんだろうが……。

フィオナが領地経営に明るくないのはこれも当然で、彼女は三女。彼女は本来ならどっかに嫁に行くのが決まっているくらいで、領地のことなんて知る必要がなかったのだ。

ダンジョンから出て、私はフィオナと二人で街のほうへ向かった。

セーレは留守番。ちなみに、ダンジョンマスコットとして売り出す予定のポチとタマとカイザーは地下でお留守番だ。

ダンジョンの入り口は、エグめの立ち入り禁止措置を施してある。

セーレに頼んで巨大な岩で入り口を塞いであるのだ。これを移動できるのは物体ごと瞬間移動が可能なセーレくらいのものだろう。

「街までちょっと距離あるのが地味に辛(つら)いね」

「そう？　たいした距離じゃないでしょ？」

「運動だと思えばね。でも今みたいに時間ない時だとちょっと。自動車(トラック)使っていい？」

「ダメ」

ホームセンターにはトラックが2台あるので、あれを使えば街までの距離は一気に楽になる。

でもさすがにあんなものを使うのは、現地人にとっては驚天動地すぎるってものか？

いずれはあれも使ってしまおうと思っているが、まだ時期尚早か。

「あ、でもアレなら大丈夫かも。自転車だっけ？」

「自転車……自転車かぁ……。試してみてもいいけど……。この道の舗装がねぇ……」

「石畳のこと？　これ、めちゃくちゃお金かかったみたいよ」

「だろうね。重機も自動車もないのによくこんなもん作ったなって驚くよ」

ダンジョンから街まで続く通りは馬車2台がすれ違えるかどうかの幅だが、石畳で舗装されている。ダンジョン出現に沸いたころ、巨額（借りた金だよ！）を投じて整備したらしいのだが……徒歩にはいいけど、自転車にはどうだろうな……という感じ。

いや、雨の後でもぬかるまないし、土煙も出ないし、いいんだよ？　すごくいい。歩くには本当にいい。

……でも自転車で走ると絶対ガッタガタなんだよなぁ、これ。

「ま、とりあえず移動のことはおいおい考えていこうか」

そんなことを話しながら街に入り、街の中心部近くにある市庁舎へ。

私は初めて来たんだけど、騎士の詰め所も併設されているようだ。

「騎士って何人くらいいるの？」

道すがらフィオナに訊く。

「ん～？　どうだろ。全部で30人とかじゃないかな」

「あ、そんなもんなんだ」

思ってたより少ない。兵というよりは警察くらいの感覚なのかしら。

「そりゃ人雇うのもお金かかるし、戦士の才能がある人はダンジョン行っちゃうから雇うのは難しいんだって」

「名誉職として大人気ってわけでもないんだ？」

「うちみたいな小さな家に仕えてもね……。ダンジョンができる前にはもうちょっと人も雇えてたんだけど」

「なかなか厳しそうな状況だね……」

まー、確かにそういうものかもしれない。

地球では個人の武力の使い道ってそう多くなくて、古今東西、結局は権力と結びつくことがほとんどなんだけど、ダンジョンがあるこの世界は違う。

自分自身の力（物理）だけで、いくらでも稼げてしまうのだ。

まあ、だからこそフィオナも探索者をやってたんだろうし。

ちなみに、６階層で活動してたフィオナでも、一般的な職人の給金の二倍くらいは稼げている計算だったらしい。それでだいたい騎士の給金と同等程度。

なるほど、それなら人によっては騎士なんかより探索者を選ぶ……かもしれない。なんたって、窮屈そうな騎士と違って探索者は自由だしな。

「んで、騎士って普段なんの仕事してんの？」

「治安維持とか、検地に同行したりとか、いざというときの兵役とか？　もちろん護衛の仕事とかもあるし、戦闘力が必要な場面ってけっこうあるから。何にもない時は訓練もしてるし。あ、持ち回りでうちにも３人くらい詰めてるよ？」

「領主一家の護衛として？」

「そう。あとお父様の護衛が二人」

「やっぱ護衛の仕事が多くなるのか。いや、この場合は抑止力かな？　騎士って見た目ゴツい人が多いんだろうし」

「見た目はいろいろだよ。マホってけっこう偏見あるよね」

「常識の違いと言ってほしいわ」

騎士団員ってのはね、８割はゴリラで、なぜか美女が一人いて、あとなぜか一般団員はゴリラばっかなのに団長は細身のスーパーイケメンと相場は決まってるのよ！　あと従騎士(スクワイア)の少年。

……すまねぇ。これ偏見だわ。

……まあ、とにかく30人程度の武官だけで領地を回してるってことだ。

普通に考えれば、武力がなきゃ権力を維持なんかできないわけだし、むしろよく30人程度で回ってるよ。平和な証拠だな。

ただ、領主からしてそこまで派手な暮らしができているわけじゃない状況で、雇われの騎士なんかは名誉はあれど、普通の仕事の範疇に収まる感じかもしれない。

武士は食わねど高楊枝みたいな……。ちょっと違うか。

いずれにせよ、この領地の運営そのものについても、ある程度は知っておく必要がありそうだ。

街が栄えれば、警察力の強化も必要になる。ダンジョンをベースに街が栄えるってことは、腕自慢の荒くれ者が大挙して押し寄せるのと同義なのだし。

こっちも同時進行でやっていく必要がありそうだ。

◇◆◆◆◇

「エヴァンスさん！　すみません、少し遅れちゃって」

「いえいえ時間通りですよ、フィオナ様。そちらが、マホ様ですね？」

「初めまして、マホ・サエキです。よろしくお願いします」

エヴァンスさんは、フィオナの父親であるファーガス・ダーマ伯爵よりも年上であろう初老の男性だった。

目の下にはクマがあり、白髪交じりの頭も相まって、なんというか非常に疲れを感じさせた。服装はキッチリしているが、こちらもくたびれ……というか年季を感じさせるものだ。

「事情はある程度は旦那様よりうかがっておりますが……まず、なによりフィオナ様のお命を救ってくださりありがとうございましたっ……！」

「あっ、えっ、はい」

ガシッと力強く手を握られる。

目尻に涙まで溜めている。

「私をはじめ、家臣一同、なにもできない自らの力のなさを悔いていたところにあの朗報。どれほど私たちが嬉しかったか……。マホ様にはどれほど感謝してもしきれません。このエヴァンスにどのようなことでもお申し付けください……！」

すでに完全にお疲れの様子の人に無理難題を申し付けるつもりはないが、手伝ってくれるのは助かる。ダンジョン内のことも大事だけど、むしろ外のことのほうがやること多いわけだし。

「とりあえず、現在の詳しい領の財政状況を教えてください。こっちも大急ぎで進めてますけど、どれくらい猶予があるかによって、対応も多少変わるので」

「そうですね……どのようなことでもすると申し上げた直後に、こんなことを言うのは心苦しいのですが……猶予はほとんどございません」

まあ、それはパパさんから聞いてたから知ってるけど。

エヴァンスさんは真面目な人なんだな。

「……現在、我々には二つの支払先があることはご存じですね？」

「ええ。国に納める魔石と、商人への借金の返済の二つですよね」

ダンジョン経営は本来は儲かるものらしい。

国……というか王家に納める分はいわゆるダンジョン税的な役割を果たし、その納付量はダンジョンで探索者が持ち出してくる量からすると微々たるもの。

それを超える分も王家が買い取ってくれるのだが、そのすべてがこちらの儲けである。

もちろん、ダンジョンから魔石を持ち出す探索者たちへの支払いも必要だが、当然王家が買い取る金額より安く設定するわけで、その差額がこちらの取り分となる。

つまり、ダンジョンが流行(はや)れば流行るほど儲かる。だからこそ、フィオナのパパさんは巨額を投じて周辺の開発を行ったのである。結果はアレだったが、まあ、当てが外れたとはいえ分のある賭(か)けではあったのだろう。実際、メルクォディアは全101階層もある巨大なダンジョンであり、そこから採れる資源がかなりの量であるのは間違いなかったのだから。

——うまくいきさえすれば。

問題は、誰も彼も素人ばっかだったという部分だけで……。

「国へ出す魔石はどうなんですか？　フィオナが持って来た分があったはずですけど」

「ええ……あれですか。もちろん、あれで量は足ります。足りますが——」

言葉を濁すエヴァンスさん。どうした。

「……上質すぎるのです」

「上質すぎる？」

「はい。今までは10階層までの魔石を納めていたのですが、フィオナ様が持ち込んだものは、その比ではない純度の魔石。小さなものでも異常な量の魔力を内包しているのです」

「なるほど。怪しまれちゃうか」

なんたって最下層——95階層より下の魔物の魔石だものな。

王家の役人だって、ダーマ領のダンジョンが閑古鳥だってことぐらいは当然知っているだろう。

それなのに、いきなり謎の上質な石を持ってきたら、どっか別のダンジョンからの横流しか、そうでなければ別の理由があるか勘ぐられるってわけだな。もちろん、全然なんにも気にせず受領される可能性もあるけど……あの石って最下層のボスが出した石だかんな……。ただの上質な石ではなく「異常」と捉えられる可能性のほうが高そう。

ちなみに、最下層のボスたちは倒すと、大小様々な石をバチャーンと落とした。一体に対して石一つではないのだ。上層の魔物……ゴブリンとかは豆みたいな石を一つ落とすだけだが。

「小さいのもダメです?」

「一番小さな石でも、おそらく30階層か40階層くらいから出る大型の石と同程度の魔力が内包されていますから……」

ふぅむ。まさか、そんなオーパーツだとは。

まあ、いざとなったらめちゃくちゃ強い探索者がやってきて卸してくれたとか言えば通るかもだが、それだとなんか怪しい感じはあるね。

ただ、王家への支払いはまだ2ヶ月も猶予があるとかで、オーパーツは使わないという選択肢がとれる。

そうでなくても、それまでにある程度ダンジョンを繁盛させることに成功すれば、ドサクサで小さいオーパーツ石を交ぜてしまっても問題ないだろう。

さすがに、レッドドラゴンが出した一番大きい石なんかは無理だろうが、ダンジョンが繁栄したら中ボスから出たとかなんとか言って、王家に献上してもいい。

いずれにせよ腐るもんじゃない。

「じゃあ、問題は借金のほうですか」

「はい。来月の頭までにまとまった額を用意する必要があり……お恥ずかしながら、現在その工面で大わらわという状況で」

「どれくらい必要なんですか？」

と尋ねつつも、私はこの世界の金銭感覚がイマイチ摑めていないので、言われた額を聞いてもピンとこなかった。

フィオナが説明してくれたところによると、家が十数軒建つくらいとのこと。

これも抽象的だが、５億円くらいのイメージかしら。

来月の頭までに5億………。しかも当てがないとなると、なかなかピンチだね。

「返済を待ってもらったりは？」

「………すでに、いっぱいまで待たせており、つい昨日、最終通告が送られてきたところで」

思ってたよりずっとギリギリだった。

どういう返済計画だったのかも訊いたが、思ってたよりもずっと良心的で初年度は少額で、だんだん額が上がっていく仕組みだったようだ。ダンジョンが軌道に乗れば、問題なく返済できる……わけだが、軌道に乗らなかったら年々返済額が上がっていく地獄のレールに……。

最初のうちは領のあがりで賄っていたようだが、もともと左団扇の経営ではなかったところに、それでは確かに厳しい。そんなこんなで、いよいよ切羽詰まっているらしい。

最後通告とは、つまり不渡り手形を王家に持っていくということを意味する。

そうなったら、ダーマ家はお取り潰しになる可能性が高い。王家に支払う代わりに、土地をまるごと王家に返上するという形になるからだ。

当然ダンジョンも取り上げられる。

「金策が急務というわけね……。問題はどうやって工面するか、アイデアはあるんですか？」

「いえ……正直手詰まりですね」

「領地を切り売りするとかは？」

「それは王家への反逆と見做されます」

「でしょうねぇ」

土地を売るとしたら別の国に売るしかないだろうし。隣領に売るってわけにもいかないんだろうなぁ。

しかし、う〜ん。5億円……かぁ。

ちなみに、私の感覚では少領といえど領主が、たった5億円程度の借金で大わらわになるなんて……という感じなのだが、これは現代人の悪いところというか、普通は発展していない田舎町で現金を生み出すのは容易ではないのだ。

ちょっと見て回った感じ、街から離れればほとんど物々交換で生活が回ってるような世界なのだから。

……とはいえ、なんとかなりそうな金額だとも思う。

国家規模で言えば本当にたいしたことない規模の額だ。フィオナが言うところの自称貧乏領地にとっては、まああな額なんだろうが、絶対無理という額でもない。日本でも、ちょっとした金持ちなら個人でも問題なく融通できる金額。それくらいの貯金を持っている個人は、全体の1％くらいだったか？　この世界の農民率から逆算すれば、0．1％以下かもだが、貴族や大商人なら普通に払えるぐらいの額に違いない。

ホームセンターのものを上手く使えば手に入る……だろうか。

怪しまれるかなぁ？

シミュレーション・ゲーム――三国志とか信長の野望とかだと、豊作の時に商人に米を売って、その金で武器を買ったりしていたけど、その手が使えないかな。

備蓄があったとかなんとか言えば、それほど怪しくないだろう。

問題はどの商人に売るかだが、金を借りている商人に直接「物品」で支払うパターン。

5億円分の食料ってなんだよって感じだが、こっちには小麦粉もあるし、米もじゃがいももある、運ぶのは厄介だが、不可能ではない。

でもなぁ。この手は次善の策という感じだ。

商人だって、ダーマ領がギリギリだってことくらい当然理解しているだろうし、怪しさ満点だ。

ただ、怪しいだけとも言えるので、他に当てがなければこれでもいい。

別の商人に食料を売って換金するパターン。

このほうが安全は安全ではあろう。こっちの事情を知らない商人であればモアベターだ。

……でも、普通に考えて5億円用意できる商人が、ダーマ領の事情を知らないなんてことありえるだろうか？　絶対ないな。もしあったとしても、調べてから買うか決めるだろう。

ホームセンターの品物を珍品として売るパターン。

これもまあ、なくはない。金持ち貴族とか相手ならどうにでもなりそう。

問題は、ホームセンターのものは基本的にダンジョンで活用したいという部分。それに、ホームセンターで売っているものは基本的には安物だし、フィオナの反応を見るに一番高価な品である絨毯ですら、イマイチっぽいわけで。

恒久的に化粧品とか酒とかを卸すならなんとかなるだろうけど、それじゃあ商人使うのと大差ない。

これもグッドアイデアとは言えないな。

となると、結局――

「金持ち貴族か王家にドラゴンの魔石を売りましょうか。ダンジョンから出たわけじゃなくて、ダーマ家に代々伝わる家宝として。フィオナもいいよね？」

「えっえっ、そりゃ私はなんでもいいけど」

「ということなんで。物があるわけだし、これ単体を売るだけなら変な怪しまれ方はしないと思います。量を出す方が明らかに怪しいんで」

一点物を単発で出すのならば、「まあそういうこともあるか」という感じを出せるだろう。

フィオナの家の歴史とかは知らないけど、貴族は貴族。代々受け継がれてきた物と言っておけば、疑う余地もない。

「ふぅむ。確かに妙案かもしれません。あの石ならば、借金を返してもお釣りがくるくらいの金額になるでしょう」

「あっ！　マホ、それならオークションに出したほうがいいんじゃない？」

「オークション？　そんなのあるの？」

「うん。メリージェン迷宮街でやってたはず。あそこは宝箱がよく出るから、迷宮から出たものなんかを取引してるんだ」

いいじゃない。異世界オークションとかちょっと憧れだよね。ドサクサに紛れてホームセンターの品も出しちゃうか？　宝箱から出たって言えば通りそうだし。

「あ、でもメリージェンってけっこう遠いよ？　往復で軽く10日はかかっちゃうかも」

「フィオナ、もう忘れてるの？　距離はもう関係ないって」

「え？　なんで？　なんだっけ」

「セーレの能力」

「あ」

自称「神」のセーレの能力は「瞬間転移（テレポーテーション）」。

かなり距離が離れていようが関係がないのだ。

どちらかというと問題はオークション開催日が近々であるかどうか。一ヶ月に一回の開催とかだったら詰む。

「よ～し、まずはオークションで金策だ！」

次の日の早朝。

まだ日も出ていない時間だが、私たちはオークションが開催されている迷宮都市『メリージェン』へ向かうことにした。

持ち物は一際（ひときわ）巨大なレッドドラゴンの魔石――のつもりだったのだが、借金の返済くらいの額なら水龍のものでも十分だろうということになり、レッドドラゴンのものは温存することになった。

なんでも、オークションは落札価格が競る人の財力で決定してしまうので、レッドドラゴンの魔石は本来の価値よりもずっと低い価格で落札されてしまうだろうとのこと。

まあ、言いたいことはわかる。この世界での魔石の価値はよくわかりませんが……。

「じゃあ、セーレお願い」

『お願い、とは？』

「メリージェンまでひとっ飛びで」

『行ったことのない場所には行けませんが』

「なんですと……!?　ダンジョンの時は1階層までひとっ飛びしてたじゃない？」

『あれはレディ・マホとの繋がりを追っただけですので』

「ＯＨ……」

いきなり当てが外れてしまった。

まいったね。

『ですが、見えている場所にならら移動できます』

「マジ？　じゃあ、いけるじゃん。セーレって空飛べるんでしょ？」

『私ではなくこの子が』

そう言って、羽が生えた白馬の首を撫でる。

「じゃあ、余裕だね」

セーレがいつも乗っている馬は、空飛ぶ馬、ペガサスだ。

空から空の直線を転移していけば、数回の転移で辿り着けるだろう。

事実上、距離なんて関係ないってことだ。セーレ便利すぎる。

「じゃあ、フィオナ。セーレと2人乗りしてメリージェンまで行ってきて」

「え？　は？　わ、私だけで!?」

「うん。セーレを案内したげて」

「な、なんで⁉　マホは？」

「私は後から行く……っていうか、そんな顔しないでよ」

セーレと２人で行けと言われたのがよほど嫌だったのか、フィオナは泣き出さんばかりだ。

これには同行するために一緒に来ているエヴァンスさんも心配顔である。

「セーレは一度行った場所になら転移できるって言ってたでしょ？　だから、最初はフィオナが案内してメリージェンまで行ってくれれば、あとはこっちにまた転移で戻ってきて、私ごと荷物とエヴァンスさんも回収してもらえるってわけよ。メリージェンに行ったことあるの、フィオナだけなんだし」

「あ、そういうこと……」

まさかセーレと２人でオークションに参加しろと言われてると思ったのか？　いくら人手がないったって、そんな鬼畜ではないよ。というか、私も異世界オークションに参加したいし！

というわけで、首尾良くメリージェンに到着。
瞬間転移のこのチートぶりよ……。

街外れの人目がない場所に転移したんだが、大通りに出るとムワッといろんな食べ物をごちゃ混ぜにしたような香りが鼻孔をくすぐる。

簡単につまめるものを出す屋台や、酒場、武器や探索用の道具を売る店、木賃宿なんかが所狭しと通りに連なっている。

人も多い。

ガチャガチャと甲冑の擦(こす)れる音を響かせた探索者の一党。商家の丁稚。どこかへ急いでいる赤毛の男。のんびりと屋台で注文するオバさん。通り行く男達に流し目を送る女性。大きい人から小さい人、髪色も多様。人種の坩堝(るつぼ)だ。

なるほど、ダーマ領が廃れてるっていうの、すごくわかる。

日本の都市と大差ないくらい活気があるわ。

荷物は私の魔法のバッグに入れてあるから手ぶらに近い。実際チートですよ、魔法のバッグは。

やっぱり、このバッグをオークションで出せばいいんじゃないの？　って言ったら、またフィオナが怒ったのでこの話題は禁止だ。

まあ、魔石なんて私たちが持っていてもただの綺麗(きれい)な石でしかないけど、魔法のバッグは取り返しが付かないものだ。フィオナの言い分もわかる。

私だって、これを売らずにどうにかできれば、そのほうが良いとは思っているよ。ただ、私の性格として一番確実な手段を選びたくなるというだけで……。

オークション参加の段取りはフィオナとエヴァンスさんが全部やってくれたので、私はフラフラと街の様子をチェックしてメモを取ったりしながら付いていくだけ。

ペガサスから降りたセーレも同行してるんだけど、こいつが目立って仕方が無いので、フード付きジャンパー（ホームセンターの農作業服売り場の品。３９８０円）を着せた。

まあそれでもかなりジロジロと戦慄（せんりつ）したような顔で見られてたので、イケメンはオーラからして違うのかもしれない。


「わかってはいたけど、すごく盛況だねぇ。ん？　あれは？」

……猫……猫耳少女が二足歩行で歩いてる……。

パッと見、人間だけど、小学生くらいのサイズで、ちょっとした革鎧（かわよろい）なんか装備しちゃって、背中に武器なんか背負っちゃってるんですけど……！

「猫獣人（リンクス）だね。リンクスは探索者に向いてて、うちの街にはほとんどいないんだ」

「か……かわいい……」

この世界に来て二番目にファンタジーを感じたよ……！（一番はドラゴン見た時）

私が感動して猫獣人（リンクスと呼ばれているらしい）を目で追っていると、フィオナが呆（あき）れたように言う。

「マホのとこにも亜人いるんじゃないの？」

「いないよ！」

「そうなんだ……。あんなに何種類も身体用の洗剤があるから、てっきり」

てっきりとは？　確かにフィオナはシャンプー類の多さにビビってたけど、あれは全部人間用だし、ペット用も別にあるけど、あれらはあくまでペット用――厳密には犬猫用だ。

「う～ん、それにしてもけっこう多種多様な人種がいらっしゃるのねぇ……」

「迷宮街だからね。うちもダンジョンが見つかったばっかのころは、すごかったんだよ？　ダメだとわかるといいなくなるのも早かったけどさ」

「亜人にはプロ探索者が多いってことか」

だとすると、うちに引っ張れる可能性も逆に高いってことかな。

獣人はウェルカムだよ。猫用シャンプーで丸洗いだってやっちゃうよ。いや、猫は逆に嫌がるのかな。

「しかし、思ってたよりも多民族国家だったんだねぇ。これならセーレなんて可愛いもんですわ。なんならペガサスもＯＫでしょ」

「え、えええぇ？　マホォ。あの人はけっこう……いや、かなり異質だよ……？　なんで同じに見えてるのかわかんないけど」

「いやこっちこそなんで？　じゃあ、私はどんな風に見えてるの？」

「マホはマホだけど、あの人はなんていうか、こう……黒くてトゲトゲしてるでしょ？」

黒くてトゲトゲ……？　むしろ薄らボンヤリしてる節すらあるけど……。

「ふぅむ。魔力的なものが視覚的に見えるってことなのかな。私は魔力のことわからないしな」

チラチラとセーレを見る人が多いな～とは思ってたけど、イケメンだからってわけじゃないらしい。というか、魔力的なものを視覚的に捉えてるとなると、魔神はそりゃヤバげに見えるだろうな。抑止力になりそうだしいっか。

歩きながらフィオナに亜人についても説明してもらった。

彼らは国を持つ種族もいれば、小さな集落で身を寄せ合って暮らす種族もいる。もちろん、人間に混じって探索者になったり店をやったりして暮らしているものもいるのだとか。

で、この国は人間の王が治める国なので、どうしても人間の割合が多いけど、別の場所にいけばまたいろいろ違ってくるらしい。

まあ、なんとも、ファンタジーという感じだ。

ちなみに、差別とかもやっぱりちょっとあるのだとか。

「逆に、よく差別が『ちょっと』で済んでるね？」

「違うのは見た目だけだからね。逆に言うとその……セーレさんは見た目は私たちと似てるけど、やっぱり異質だから……その、すごく目立つよ？」

「ふぅん。外見と魔力を見ている感じなのか」

「見える……って言うと語弊があるかもだけどね」

私には魔法の才能がないからか、それとも単純に異世界人だからか、その違和感が理解できない。

地球人に例えると、見た目は同じだけど血が青い奴みたいな感じなんだろうか。違うか。

「じゃあ、セーレは引っ込めといたほうがいい？」

「うん……できれば。なんかトラブルになりそうだし」

そこまでの異物感だったのか。

フィオナがセーレに対しては滅茶苦茶にビビり散らかすの、単にイケメンにビビってるのかと思ってたけど、全然違ったね。

というわけで、セーレはホームセンターに帰還させて（帰りは強く念じて呼べば迎えに来てくれるらしい）、私とフィオナ、エヴァンスさんとリカルドさんという護衛騎士だけでオークション会場へ向かった。

騎士のリカルドさんはフィオナの家で古くから仕えている人で、フィオナからすると親戚のおじさんみたいな感覚の人なのだそうだ。

ダンジョンに入る前も、剣を教えてもらったりしたんだそう。


オークション会場に到着。

迷宮街でも大通り、迷宮の近くにあるオークション会場は想像よりも小さいが、なかなかお金の掛かってそうな建物で、出品するには事前に商品を登録する。

開催は週に一回だが、運良く今日が開催日で滑り込みで参加することができた。

ちゃんとダーマ伯爵の名義で水龍から出た水色の魔石を出品する。

代々伝わる家宝として出品するので、名義は大事だ。パパさんにわざわざ証明書まで書いて貰（もら）った。……まあ、事実上の偽造証書だが、大丈夫だろう。

ダーマ領から出たものなのは事実だし……。

商品によっては、断られることもあるらしいのだが、無事に出品することができた。

一人で三品まで出品できるというので、なんかホームセンターの物も出そうかと思ったけど、やめておいた。フィオナにこっちの世界で価値がありそうなものを選定してもらったけど、なんか微妙なんだよね。時間を掛けてセールストークをすれば売れるかもだけど、オークションで瞬間的に高値を出すには新しすぎるというか……どうしても珍品枠の商品になるというか……。

登録を終えて、案内された席に座る。会場はまあまあ広いが、テーブルは狭くけっこう会場パンパンに人が詰まっている感じ。盛況でなによりだ。

「さて、あとは神のみぞ知る……だね。首尾良くいけばいいけど」

「うう～……ドキドキする」

フィオナが心臓を押さえて鞄（かばん）からタバコを取り出す。

慣れた手つきで一本出して、魔法で火を付けた。

「おおっとぉ。いつの間にタバコを調達してたの、フィオナ」

「えっ？　えへへ、けっこう前っていうか、ダンジョン脱出する前からコッソリ……ね」

煙を吐き出しながらバツが悪そうに笑う。

この世界ではわりとタバコは一般的で、御禁制のアレ以外にもいろいろ種類があるらしい。

フィオナによると、ホームセンターのタバコは品質が安定していていつもちゃんと美味（おい）しいとのこと。ダンジョンやるよりタバコと塩でも売ってたほうが安定して儲かりそうだな……。

っていうか、この会場喫煙者率高すぎ！　灰皿が完備されてたから妙だな……とは思ったけどさぁ。あっという間にモクモクだよ！

気付いたらリカルドさんまで吸い始めている。さてはこいつがフィオナにタバコを教えたな？

「それで、参加者ってどういう人が多いの？」

見た感じだとよくわからない。

男も女もいるし、服装も種族も様々だ。

「やっぱり貴族が多いんじゃないかな。あとはベテラン探索者。もちろん、商人もいると思う。ただ見に来てるだけの人もいるよ」

「お金持ちいるかな」

「メリージェンのオークションは有名だからね。王都から来てる人なんかもいるらしいし、大丈夫でしょ。……多分」

2本目のタバコに火を付けながら、楽観的なんだか心配性なんだかよくわからないフィオナ。

水龍の魔石は、品を見せたらオークショニア（競売人）も高額になると太鼓判を押してくれたし、私も大丈夫だとは思うけど、結局は異世界のことだからな。

「通常あのサイズの石ならば、王家も白金貨を100枚出すはず。さらに、あれは純度も高くくすみのない濃紺で見た目も美しい。オークショニアも今日の目玉にするとおっしゃってましたから、期待して良いと思います」

「白金貨100枚ですか……」

エヴァンスさんによると、白金貨というのは、王家が高額取引用に特別鋳造している白い金貨で、実際には金ではなく別の希少金属で作られた貨幣らしい。両替は王家に近しい商家か、王城へ直接持ち込む必要があるとかなんとか。一枚で金貨５００枚分の価値なのだとか。

というと金貨5万枚か。返済額が金貨5万枚くらいのはずだから、相場くらいで売れればさしあたりＯＫということかしら。

「始まりますよ」

会場はけっこう薄暗いのだが、ステージの上は照明が当たっているように明るい。

フィオナに訊くと、ライトの魔術か魔導具を使っているとのこと。魔法けっこう万能だな。

「みなさま、本日はメリージェン・オークションへのご参加、まことにありがとうございます！それでは、さっそく始めてまいりましょう！　一品目の商品は、こちら！」

最初の商品は斧だった。メリージェン大迷宮から出た品でマジックアイテムらしい。

金額もこっちのお金の価値についてまだイマイチよくわかってないが、かなり高額で落札されたようだ。

「あれ、メリージェンの15階層から出た品だって。落札した人はたぶん貴族じゃないかな」

「貴族が斧なんか買うの」

「自分のとこの兵士に持たせるんじゃない？」

見た目よりも実用性が重視されるということだろうか。

私もダンジョンでは斧を持っているけど、あくまでそれはホームセンターにまともな武器が斧しかなかったからである。剣があれば剣を持ってたよ。

オークションは進む。

やはりダンジョン産の品物が多い。あとは、絵とか、彫刻なんかの芸術品。宝石、アクセサリー類など。

そして、いよいよその時が来た。

「次なる品は本日のハイライト！　ダーマ伯爵家に代々伝わる魔石で、水のドラゴンを討伐して得たとされる魔結晶です！」

アシスタントの女性が恭しく商品である青い石を運んでくると、会場からどよめきが生まれた。

私たちが出した水龍の魔石だ。一つ前に出てきた魔石（一般人の年収くらいの額で落札された）と比べても、巨大さと輝きの深さが段違いだ。

勝ったな。

「こちらの品は、王家秘蔵の宝玉をも超えるのではというサイズと深みを持つ逸品であり、こうして表に出てくるのは史上初！　魔石としても優秀で、内包された魔力は優に80万マナを超えております。これは王国の歴史を紐解(ひもと)いても類を見ない高純度の結晶！　ダーマ伯爵領現当主ファーガス様直筆の証明書および、当オークションによる認定鑑定書をお付けします！」

オークショニアに説明関係はある程度任せたが、すごいね。王家秘蔵の石より上とか言っちゃって大丈夫かな……。大丈夫か。実際、最下層ボスの石には違いないいんだし。

「それでは、こちらは6000ゴルからスタートになります！」

「7000！」

「9000！」

「11000！」

通貨単位はゴルで、私たちの借金……すぐに支払わなければならない分は5万ゴル。

6000スタートでその額までいくのか、かなり不安だ。

何人かの金持ちが競り合いをしているが、それはそれとして石一つの値段としてはどうなんだろう。エネルギー結晶だから、宝飾品としての価値以上に単純に実用品としての側面もある。

そういう意味では、ただの鉱物である宝石なんかよりもより高価であるのかもしれないが、この世界での魔石の価値がよくわからないからな。

「30000！」

「ええい！　40000！」

「50000！」

「60000！」

入札額が更新されるたびに、どよめき歓声が上がる。

万単位で額が釣り上がっていく。

「え、え、え？　目標金額余裕で超えてる……よね？」

「超えてるね……」

フィオナはもちろんのこと、エヴァンスさんも、騎士のリカルドさんも喜ぶより先に、驚きがきたのか啞然としている。

　私たちもあの石の価値を正しく理解していなかったということか。

「１００００！」

「おおっとォ！　ついに10万が出ました！　８番、10万！　さあ、他の人たちはいいですか？　二度と手に入らない品です。後悔しませんよう」

「ぬぅううう、１０５０００！」

「１１００００！」

　８番の紳士が余裕の高値更新。

　ていうか、お釣りが来るほどの額になっちゃったんですけど……。

　っていう間にも、さらに額は釣り上がっていく。

「さあさあ、14万だ！　14万！　14万が出ました！　これで決着か？」

「１４１０００だ！」

「１４２０００」

「ぐぅう……１４３０００」

「１４５０００だ！」

　だいたい２人に絞られた。いや、すでにすぐ支払う分を支払っても、けっこうな額のおつりが来るんですが……。その後も１０００ずつの攻防が続くが――

「15万出ました。８番、15万です。15万。１５１０００いないか。１５１０００」

オークショニアが周りを見回す。

沈黙。

8番と競っていた男も、さすがに諦めたようだ。

「では、15万！　15万ゴルで8番が落札です！」

カンカーンと木槌が打ち鳴らされる。会場は割れんばかりの拍手だ。

私たちもつられて拍手したが、15万ゴルってどんな額？

すぐに返済しなきゃならない額が5万ゴルって話だったけど、なんか想像を遥かに超えた金額になってしまった。

凄まじい金額が動いたことで、会場のボルテージもかなり上がっている。

「や、やったね、おめでとう。フィオナ」

「うん……。っていうか、全然実感ないんだけど。15万ゴルって言ってた……よね？」

「たぶん……？」

実際のところ、億レベルの金額とか実感湧かないんですけど。本当にそんな高値で落札された……？　エヴァンスさんも、リカルドさんも呆然としてるんですけど……。

「えっと、これ間違いないですよね？　エヴァンスさん？」

隣のエヴァンスさんは声を掛けたら再起動した。

「驚きました……。私も魔石の価値にはそこまで詳しくなかったもので……。魔力の含有量だけで見れば勝算は十分ある……くらいの感覚でいたのですが、まさかこんな額になるなんて」

「とりあえずの借金は返せそうです？」

「ええ、これなら少なくとも今年1年は問題ないでしょう」

「あ、この額でも1年なんだ」

ああ、世知辛き巨額の借金。

総額50万ゴルも借りたらしいから、仕方が無い……。

とはいえ、1年もあればダンジョンも軌道に乗るはずだ。この街の盛況ぶりを見るにダンジョン自体の需要は本当に高そうだし。


私たちが、思わぬ高額落札に浮かれている間にもオークションは続いていた。

屈強な男性アシスタント2名が「次なる商品」を運んでくる。

「次なる品はこちら！」

それは鎖に繋がれた獣人の少年だった。

銀色の髪はサラサラで年齢の若さを感じさせるが、こんな場所にあってさえ眼光は鋭く、射殺せんばかりにオークショニアをにらみつけている。

だけど、ピンと立った耳はわずかに震えていて、それがちょっとした強がりであることが見て取れた。

「あれって……狼の獣人の子ども……？　っていうか、人？　え、えええ。人身売買もやってるの？　しかも児童売買！　ヤバ！」

「奴隷だね。なんかわけありっぽいけど」

「奴隷……奴隷かぁ……」

ファンタジーというか、ちょっと野蛮な世界だもんな。そりゃ奴隷だってあり得るか。地球にだって歴史上いくらでもあったものだし。

私は貴族の娘であるフィオナと行動を共にしているから、ファンタジー世界の陰の部分というか、文明が幼いが故のアレコレをほとんど目にせず済んでいるけれど、どちらかというとこっちが現実なのだ。

大きな鉄の重りに繋がれた鎖が足首に嵌められている。

手錠。首輪。

暴れられないように、かなり厳重に動きを封じている。獣人とはいえ少年に対するものとしては、ちょっと過剰なほど。

隣のフィオナを見る。

私はホームセンターごとこの世界に来たけれど、あの時、あの場所で私を呼んだのが、――たとえば探索者のおじさんとかだったら。

奴隷制とかある世界で、なんの力もない女子高生である私と、死を覚悟したおじさん。

う～ん。どう考えてもエロマンガみたいな展開になっていたに違いない。仮に最下層から脱出できたとしても、その後も奴隷みたいにご利用されてたのは間違いないだろうな。

別におじさんじゃなくても、男だったら似たようなものだっただろう。特別な力のある者だけが探索者になる世界で、私はその力がない一般人にすぎないのだ。

　抵抗なんてできるはずもない。

「……フィオナで良かったよ、本当に」

「えっ、えっ、なに急に」

「いや、私は運が良かったなって」

　フィオナは同い年の女の子で、なおかつ貴族の娘だ。

　性格もいいし、可愛いし、強いし、常識的だし、権力だってちょっとある。

　私が今こんな風にノホホンとしていられるのは、完全にフィオナのおかげだ。

　そんなことを考えている間にも、オークショニアは「商品」の説明を続けていた。

　どうも、彼はここ「メリージェン」で活動していた有名な探索者だったらしい。銀狼族という種族で、部族の次代の長として、一党を率いていたが、下層の罠にひっかかりパーティーメンバー全員が呪われてしまい、その解呪費用のために自分自身を身売りしたのだとか。

　年齢はかなり若いというか、まだ13歳。獣人は身体の成長が早い関係で8歳の時からここで活動しているのだとか。

「呪いを解くのってそんなに高いの？」

「寺院でやるとね……。たしか、解呪は蘇生と同額だから、パーティーメンバー全員となると、まあ…………普通は払えないかな。よほどたくさん貯金してたなら別だけど、探索者なんてお金があったらすぐ使っちゃう人ばっかだし」

そりゃ、命の危険しかない稼業だし、どうしたって享楽的な暮らしにならざるを得ないだろう。引退して店でもやるとか、そういう未来の夢がある人なら別なのかもしれないけど。

「生き返らせるのと同額……。ずいぶん取るのね」

「払えるか払えないかのギリギリを見極めたような額を提示してくるからね。だから、死ぬのはかなりリスクあるよ」

そりゃ死ぬのはリスクそのものだよ。価値観すごいな。

「でも、あの子すごいよ。２パーティーを取り仕切ってた頭目で、15階層で活動してたって」

「それってすごいの？」

「すごいなんてもんじゃないよ。普通、10階層を越えた先に行ける探索者を上級って呼ぶんだけど、それを5階層も更新してるってことだから」

10階層で上級なのか。うちの迷宮ってマジで巨大だったんだなぁ。

そりゃパパさんも張り切って借金もするよ。

獣人は成長が早く、若い期間が長いらしい。大人になってからゆっくりと成熟していき、ピークになるのが30歳ごろ。そのかわり、寿命はヒト族よりも短いとかなんとか。

それでも13歳でトップ探索者のリーダーというのは凄いな。人間ではありえないスピード感だ。

「んで、奴隷って買われたらどうなるの？」

どれほど強く実績があろうが奴隷となれば、自由はないだろう。

そこまではわかるが、それ以上のことはよくわからない。

女の奴隷なら愉快なことにはならないとすぐに想像できるが、男の場合はどうだろう。

「ん～、たぶん剣闘士にさせられるんじゃないかな。護衛用には……使わないだろうし」

「剣闘士？　なんで護衛はダメなの？」

「この国のお金持ちは側仕えに獣人は使わないからね。彼の場合、ほら、たぶん従順でもないだろうし」

そうなのかな。

そんなに強そうには見えないけど、上級探索者なら実際は強いんだろうし、良さそうだけど。

眼光は鋭いが、その奥には優しさがある感じがするし。

というか、パーティーメンバーの為に、リーダーである自分が身売りするなんて普通はできない。

本質的に優しい子なんじゃないかな。

「10000！」

「14000！」

「16000！」

競りがスタートする。

1万ゴルがだいたいの感覚として1億円くらい。

人間の価格として高いのか安いのか、倫理的な意味ではなんとも言えないが、少なくとも買い手は「元が取れる」と踏んで入札しているはず。

剣闘士興業が地球でいうところの競馬だとすると、競走馬の値段と同じくらいの感覚なんだろうか。

馬と比べるのもどうかと思うが、売り買いしてる人たちからすれば、当たらずとも遠からずといったところだろう。

「これって安いの？　高いの？」

「う、う〜ん？　私も奴隷の値段なんてよく知らないしなぁ。でも、安くはないと思うよ。上級探索者になれるのって、本当に一握りだし」

「フィオナは中級なんだっけ？」

「今はね。パーティーメンバーに恵まれれば上級になれてた……はず」

フィオナはそう言うが、御禁制の草に頼るようなメンタルで上級になれてたかどうか……正直怪しいところだと私は思う。

能力としては、戦士の加護と、魔法の才能の両方があるのはかなり珍しいとかで、ゲームでいうところの上級職みたいなもんなのかもしれないけど。

「ふぅ〜む。ねぇ、フィオナ、エヴァンスさん。さっきの魔石ってもう売れたってことでいいんだよね？　お金に余裕あるなら、あの獣人の子、落札してもいい？」

「うぇえええ、なんで⁉」

「奴隷なら秘密厳守してくれるんでしょ？　私のとこなら待遇も悪くないし、強いなら私やフィオナの護衛にもなるし。なにより人手が欲しいんだよ」

我ながらグッドアイデア。

奴隷を買うなんてちょっとゾッとしないけど、私が落札しなかったら剣闘士にさせられて、殺し合いとかさせられるみたいだし、だったら私のとこで従業員やってたほうがマシだろう。

なにより、あんな小さい子が奴隷になって戦わされるなんて、普通に可哀想じゃない？

あと、うちには犬用のシャンプーもたくさんあります。


エヴァンスさんにも確認をとって、３万までならと許可が出た。

「20000！」

「おおっと、ここで思わぬ伏兵の登場だぁ！　36番が20000で入札！　21000ないか、21000！」

けっこうすでに一杯一杯の金額だったようで、22000で落札できた。

裏切らなそうな労働力兼護衛をゲットだぜ。

◇◆◆◆◇

オークションが終わってから、事務手続き関係をエヴァンスさんに任せ、私とフィオナは二人でメリージェン迷宮街の敵情視察を行うことにした。

最初は騎士のリカルドさんもいっしょにということだったけど、これは固辞した。治安的には人も多いし怪しいらしいんだけど、フィオナは中級探索者だし、いざとなったらセーレを呼べばいいので。

「しっかし、本当に盛況だね。こんな規模の迷宮街があっちこっちにあるの？」

「さすがにいくつもはないよ。大きいのはここととメイザーズくらい。うちみたいに人気が出なくて人が少ない迷宮はそこそこあったはず。良く知らないけど」

「国外は？」

「外国にもあるはずだよ。魔石を国王様が一括で集めるのも、外に流れないようにしてるからだっていうし。どういう迷宮があるのかまでは知らないけど」

「なるほど」

この国はずいぶん平和みたいだし、おそらく周辺国と比べてもかなり国力があるほうなのだろう。

もしかしたら、魔石を大量に使った「都市を一撃で粉みじんにする大魔法」とかがあって、それが抑止力となって平和を実現してるのかもしれない。魔石を国が無尽蔵に買い取るなどという、ちょっと理屈に合わないことをやっているのだし、十分ありえる。

あるいは、魔石を材料にして貨幣を錬金しているとか……。

いや、これは実際ありえそうだな。

「……どうしたのマホ、変な顔して」

「んん～、ちょっと国が買い取った魔石を何に使ってるのか考えてた。フィオナは知ってる？」

「なんかいろいろなことに使ってるみたいよ。私はあんまり詳しくないけど」

いろいろかぁ。膨大な量になるだろうし、「どれだけあっても良い」ものなのだろう。国家戦略物資というか、エネルギーそのものというか。

「ま、なんにせよ私たちのとこも、これと同じかそれ以上のポテンシャルはあるってことだから、自信になるね。水龍の魔石も売れてちょっとだけ金銭的な余裕もできたし」

石を購入した人の情報はもらえなかった。

オークションでは買い手の情報は秘匿されるもので、実際にあの会場にいるのも（本人がいる場合も当然あるにせよ）代理がほとんどだったらしい。

まあ、誰が買ったかなんてのはどうでもいいことだ。大事なのは、億単位の余裕ができたというところ。5万ゴルは次の支払い分としてプールしておくとしても、まだ3万ゴルくらいある。

めちゃくちゃ大雑把な感覚として、1万ゴルは1億円相当である。

お金の単位としてゴルより下のシルがあり、一般人は通常そっちを使っているのだとか。

要するに金貨、銀貨の単位みたいな感覚かもしれない。重さではなく、ちゃんと貨幣の価値が均一化されているのは、なかなか高度な文明と言えそう。やっぱり錬金術でお金作ってるのかな。

「そういえばフィオナはこの街に来たことあったんだよね。迷宮にも入った？」

「うん。私、この街で鑑定して、魔法の契約もやったからね。それでしばらく迷宮に入る修行というか、基礎を学んだ感じ」

「なるほど。やっぱり初心者にも優しい感じなの？」

「優しいってほどではないんじゃないかな。魔石の買い取りもメイザーズほどではないらしいけど、安いし……。中堅までいければ儲かるかもだけど、上層でパーティー組んで活動してる探索者なんて、ほとんど生活費を稼ぐくらいしかできないんじゃない？」

なるほどねぇ。

逆に言えば、上層でもその日暮らしができる程度には稼げるということだ。これは地味に大きい。田舎から出てきても命を張ればいちおう暮らしていけるし、自分自身が成長すれば稼げるようになるという夢も見られる。先輩探索者も多いし、ノウハウも十分だろう。

店も多いし、蘇生が可能な大型の寺院もある。

「ふ～む。けっこう充実してるってことか……」

「えっ、どうしてそういう感想になるの？　私、全然稼げないって話してなかったっけ」

「いやぁ。最初が赤字にならないで暮らしていけるだけで十分稼げることになると思うよ。特に庶民というか……あまりお金がない層は」

「そういうものかな……」

腐ってもフィオナは貴族だから、その辺りの感覚があまり庶民的ではないのかもしれない。

もちろん、私だってこの世界の庶民とは隔絶しているだろうが、歴史とか学んでいるからある程度はわかる。

「あっ、あれがルクヌヴィス寺院だよ。この街のは本当に立派なんだよなぁ」

「ふぇえええ。すごい。こりゃやってるね」

ダンジョン付きの寺院は領主が建てる必要がある。

建てるとルクヌヴィス教の高僧がやってきて、蘇生だの毒の治療だの解呪だのを（有料で）やってくれるようになる。ダンジョンには切っても切れない関係の施設である。

……である、のだが…………これは立派すぎるだろ。

まず背が高い。周りが精々2階建てか3階建てくらいの石造りの建物の中、寺院だけ20階建てくらいの高さ。尖塔にはどうやら鐘が付いているらしい。鐘楼というやつかな。

キリスト教の大聖堂みたいなものだろうが、石造りのこれは、相当な金額が掛かっているはず。

これじゃ内装だって立派なのだろうし、それこそ50億とか100億とかそういう額が……。

「寺院をダンジョンに呼ぶのって、これを作んなきゃダメってこと……？」

「そうだよ？　そうじゃないと蘇生までできる高僧は来てくれないから意味ないし」

「オーマイゴッド！　神は死んだ！」

これの問題は金額だけの問題じゃないってこと。

この寺院建てるのに何年かかるのよって。1年とか2年じゃ無理でしょ。人力……いや、この世界の人間は魔法もスーパーパワーもあるかもだが、それにしたって5年くらいはかかるでしょ。

「こりゃダメだね。寺院はなしだわ。よっぽどダンジョンが軌道に乗ったら企画してもいいかな？くらいのものだね」

「自前では難しいよね。メリージェンとメイザーズは迷宮管理局が入ってるから折半のはずだけど」

「折半？　こっちで全部お金を出すんじゃないんだ？」

「迷宮管理局を入れた場合はね。管理局が半分出してくれるらしいよ」

なるほど、管理局汚い。蘇生があるかないかは、実際のところ、かなり切実な問題だろう。

総合的に見ればダンジョンでの儲けはほぼ全部「迷宮管理局」と「ルクヌヴィス寺院」に吸い取

られることになる。寺院建立でのマイナスを取り返すのはかなり時間がかかるだろう。

とはいえ、その代わりというか、人口が増えることで副次的なプラス効果が生まれる。自領に大都市があるというのは大きいはずだ。

パパさんは欲張っちゃったんだなぁ……。


「あ、せっかくだからちょっと寄ってこうか？　寺院で位階を調べられるから」

「位階ってなんだっけ……？」

「位階は位階だよ。迷宮順化の度合いを数字で表したものだって、説明しなかったっけ？」

「レベルのことか」

「そう、それ」

こちとら最下層の魔物を何体も倒しているのだ。

レッドドラゴンを倒した時は感じなかったが、麻痺花の時も、トッケイの時も、水龍の時も、ドッペルの時もパワーアップした感覚があった。

今の私は、地球にいたころと比べればかなりスーパーウーマンになっているはず。

「マホも測ってみようよ」

「んにゃ、私はやめとくよ」

「なんで！」

「正しく表示されるとは限らないじゃん。私、異世界人だし。あの転送碑の表示見たでしょ？」

「あ、あ～。それもそうか。そうだね」

どうせ「う、うわぁ～！　こいつレベル0だ！」とかってなるんだろ。

私は詳しいんだ。

◇◆◆◆◇

寺院の周りには人がたくさんいた。

探索者風の人も多いが、単純に見物に来てるだけっぽい人も多い。あるいは、待ち合わせ場所とかになっている可能性もある。街の一等地っぽいし。

近くまで来ると、本当に巨大だ。現代日本ではもうこういった石造りの大型建築を見る機会は少ない。海外旅行とかに行けば別だろうが、日本にはほとんどないのだ。

フィオナは勝手知ったるというものだろうが、私は日本の寺しか知らないからな。勝手に入っていいの？

「お、おおお～。すごい。金かかってるね！」

入って正面の壁。上のほうにどういう場面かわからないが、聖人から施しを受ける村人みたいなモチーフのステンドグラス。

そこから入った日ざしが、ちょうど聖堂の中央あたりに光を運んでいる。

左右の壁には大型の宗教画が描かれていて、明かりの魔導具によるものか、意外と明るい。

天井も高く20メートルくらいはありそうだ。

「しかし、なんか思ってたよりもずっとちゃんとした宗教施設って感じだね。もっと病院みたいなものかと思った」

「病院……？　ああ、処置室は入口が別だから。ここでは、位階を知ったり、神との契約をしたりとかそういうことをするんだよ」

「なるほどね。祭壇に死体を横たえて蘇生の魔法とか使うわけじゃないんだ」

「マホ、そんなことしたら血とかで汚れるでしょ？」

「それもそうか」

ゲームのイメージに引っ張られてたな。

血みどろな死骸とか、どうやって蘇生するのか知らないけど、よく考えたら魔物に殺された死体なんて、肉体が残っているかどうかすら謎のはず。

それを生き返らせるっていうんだから、すごい奇跡だ。

……いや、その代償で失敗したら灰になるんだっけ？　う〜む。

「フィオナ、蘇生って失敗したら灰になるって言ってたっけ？　その場合って、もう蘇生は出来ないの？　できないよね？」

「できるよ？　それで失敗したらホントに終わりだけどね」

「できるんかい！」

灰から蘇生できるなら肉体の多少の欠損なんて関係ないわな。

どういう理屈なんだろ。魂が残っていれば大丈夫――みたいなこと？

そんな話をしながら祭壇前まで来る。

祭壇のところには聖人だか神だかの像があり、これが名前にもなっているルクヌヴィスだろうか？　私はまだこの宗教のあらましを聞いていないから、よくわからない。なんなら興味もない。

「マホ、こっちこっち」

フィオナが手招きした方向は、祭壇から左右に伸びた広い回廊で、その先に探索者らしき人々が何人か集まっている。

先には僧侶らしき人がいて、どうもあの人がレベルを教えてくれるようだ。

「なんかいちいちレベル確認しなきゃいけないとか面倒だね。お布施も必要なんでしょ？　こう『ステータスオープン！』ってできないもんなの」

「マホって時々わけわかんないこと言うよね」

「異世界人ですからね……」

お布施は銀貨で支払った。

なんかけっこう高い。普通に宿で一泊食事付きができる額らしい。たかがレベル確認でこんなに取るとはボってるな。

「それではこちらに手を」

中年の僧侶に言われるまま、目の前の黒い板に手を乗せるフィオナ。

黒い板は転送碑と同じような素材という感じがする。ダンジョン由来の品なのかも。

フィオナが手を置いてしばらくすると、黒い板に数字が浮かび上がった。

転送碑の時と同じで、アラビア数字とも漢数字とも全然違う形なのに、なぜか何と書いてあるのかが読める。

「ふ〜む？　16？　これって高いの？」

「う、うそ……。本当ですか、これ。神官さま」

「間違いありませんよ。頑張りましたね」

板から手を離し、喜んでいるんだか驚いているんだか、口と目を見開いたまんまのフィオナ。

私はこれが凄いのかなんなのかもわからないんですけど。

そのまま、何も言わないで私の手を引いて、どんどん歩いていく。

「ちょ、ちょっとどうしたのフィオナ」

どんどん歩いて、そのまま外に出た。

なんなんだ。

「だから、どうしたのよ、急に」

「マホ！　やった！　すごいよ！　すごい！」

「だからなんで？」

「だって、マホ！　16だよ⁉　う、うわぁ〜〜〜！　嘘みたい！」

尋常じゃないよろこびを見せるフィオナ。

なにがなんだかサッパリだ。

「マホ。私、前に測った時……マホに会う前だけど、それまでは位階7だったんだ」

「じゃあ倍以上だ」

まあ、下層のボスを何匹も倒したんだし、むしろもっと上がりそうな気がするけど。

「位階ってね、だいたい10で上級って言われているんだ。そこからは上げていくのが大変で、ベテランでも13とか14とかって言われてるくらいで。下層に潜っていかないと順化は進まないからさ。でも下層に行くほどリスクは上がるから」

「最下層でしばらく過ごしちゃったからねぇ。むしろよく16で済んでるよ」

ゲームとは違うのだろうけど、魔物を倒して強くなるみたいなのがあるのなら、それはゲームと同じようなことだろう。

経験値……と言っていいのかわからないが、最下層のボスならかなり多いはず。しかも、私たちはたった二人でそれを分け合ったのだ。

フィオナが言うには、迷宮探索は通常6人、少なくとも4人でパーティーを組むものらしいのだから、それこそ想定の3倍は経験値をゲットしたことになる。

それならレベルも当然上がろうというもの。

必要経験値がレベルと比例して上がっていくのならば、私はフィオナとほとんど同じくらいの位階に達してるということ。最低でも13くらいには。

全然そんな感じしないけど。

「まあ、でもフィオナが強くなっても迷宮の中の仕事はあんまないけどね」

「え、ええ〜。私っていちおう地元の筆頭探索者じゃない？　せっかくだから、その地位を維持したいんですけど。位階16なら、ゲートキーパーも倒せるだろうし」

「ゲートキーパーって？」

また新しい単語だ。門番ってことか？

「5階層の転送碑にはゲートキーパーいないけど、10階層の転送碑の部屋の前にはいるのよ。まだ私は見たことないけど、けっこう強い魔物が」

「ほう。中ボスだね。そんなのがいたのか」

最下層がボスラッシュだったことを考えれば、十分考えられたことだ。

なるほどなるほど。ダンジョンエンターテインメント的にも美味しいね。中ボスを倒したら一人前だよ、おめでとう！　と探索者ランクとか上げてやってもいいな。

実際のところ、まだ6階層までしか地図も出来てないし、私自身も見て回らないといかん。時間がいくらあっても足りないね。


その後も、メリージェンの街をあっちこっち見て回った。

ハッキリ言って、実際に運営している迷宮街はノウハウの塊だ。もちろん、改良すべき点もあるのだろうが、現時点での正解の一つであることは間違いがない。

すぐにマネできるものもあるし、マネできないものもある。

「どう？　マホ。収穫あった？」

「あったあった。めちゃくちゃあったよ」

「勝算は？」

「全然あります。ちょいと汚い手も使う必要があるけどね」

「なに、汚い手って……」

「ズル（チート）ってこと」

本来、ホームセンターの資材を使うのはチート以外の何物でも無い。クオリティーの突出した素材を、無尽蔵に使用できるのだから。

この街は人も多いし、施設もたくさんある。これだけの人数を抱え込めるだけのキャパシティーがあるのだ。それはそれで凄いことだと思う。

だが、質は別だ。大金を払えばある程度の質も伴うのだろうが、そうでないなら、お察しとしか言い様がない。

フィオナと食堂に入って少し食べたけど、なにもかも雑だ。

味には好みがあるにせよ、それでももう少しやりようがあるのではなかろうか。

この世界に住む人間ならば、こんなもんと思うのかもしれないけどさ。

「とにかく、一度戻ろうか。明日からまた忙しくなるよ！」

借金問題もひとまず片付いたし、実際の迷宮街も見れた。

私もやるべきことをやろう。

オークションハウスに戻ると、ちょうど手続きが終わったところだった。

エヴァンスさんとリカルドさんの隣に、私が落札した獣人の元探索者の少年が立っている。

未だに手枷足枷の戒めが付けられたままだ。

「マホ様。こちらの奴隷は貴方に従属する契約となっております。こちらの書面をご確認下さい」

「ふ〜むふむ？」

競売所の係員から書類を手渡される。

奴隷というとちょっとエグみを感じるが、まあ、ちょっと債務多めの住み込み従業員を高額でヘッドハンティングしたくらいのものだ。私が鞭を持って彼を使役するとなれば、いかにも奴隷という感じだが、古代の奴隷は財産として大切に扱われていたというし、形を変えた労働契約みたいなものだろう。

元探索者ならば、迷宮で働く事自体も問題ないだろうし。

書面を読み進めていく。

私が落札したのは、ジガ・ディン君13歳。銀狼族という、北部の少数部族出身の戦士で、部族の長の息子で次代の長候補。

位階は14。獣人のみで構成されたメリージェンのトップ探索者チームの元リーダーで、魔法の才能はないが純戦士として無類の強さを誇る。

６０００ゴルで身売りしたとある。

ふむふむ……。私が落札した価格は２２０００。けっこう差額が大きいな。まあオークションだしそういうものか。

自分自身を買い戻す場合は、落札者が支払った金額に色を付けた額を支払わなければならない……か。書類に記されてる額は２６４００ゴル。20％アップね。

その他、給金は話し合いで決めろだの、あれこれ書いてあったが、総括すると「そうはいっても買い手の自由ですよ」ということだった。

金額に関してはどうも剣闘士として使う場合の想定になっているっぽくて、獲得賞金があった場合は最低でも2割は奴隷の取り分としなければならないらしい。

私はジガ君を剣闘士にするつもりがないから、関係ないけど。

「読みました」

「問題ありませんか？　なければ、本契約となります。契約魔法の神はリサ・テラ。位階は６。こちらの代金は落札価格に含まれておりますのでご安心ください」

「ん？　んんん？」

なんか知らんワードがドコドコ出たけど。

「契約魔法ってなに？　あと位階６とか神とか」

「契約を扱う神は複数存在致します。その中でもリサ・テラの契約魔法は位階６の高位術に位置しています。当然それなりに費用も高額となりますから、高額の奴隷契約や商談時にしか使われないものとなります」

「なるほど。それ契約すると、どうなるの？」

「主人には絶対服従となります」

「人格も操作する感じ？」

「いえ、魔法で行動を縛るものですので、人格には影響致しません」

ならいいか。いきなり脱走されたり、迷宮の中で後ろからグサーとやられても困るもんな。

説明を受けている間も、ジガ君は真っ直ぐ前を向いて背筋をピンと伸ばして前だけを向いていた。

こちらを見ることすらない。

仲良くなれるのかちょいと不安だが、仕事をしてくれれば問題ない。


契約魔法はやっぱりというか、ルクヌヴィス寺院で行われた。

オークションの人がお金を払っていたが、普通に金貨が見えていたので、かなりの額のようだ。

やはりボってる。

契約は手を繋いで魔法を使うことでつつがなく終わった。

セーレがよく言う、契約のパスの仲間なのだろう。

「くふふふ……。誇り高き銀狼族の戦士である俺が、こんな幼子に買われることになるとはな……」

「あっ、しゃべった」

契約が終わったことで一段落と思ったのか、ジガ君が初めて喋った。だいぶ自嘲的に。

「幼子は失礼じゃない？　私はマホ・サエキ。マホって呼んでくれればいいよ。これからよろしくね」

「馴れ合うつもりはない。与えられたことはやる」

「そ。ならいいけど。まあ、そうピリピリしなくても、うちは楽勝だよ」

「だといいがな」

ま、いきなり知らん謎の女に奴隷として買われたわけだし、普通にしてろってのも無理があるわな。誇り高き銀狼族とか名乗る程度にはプライドだって高いんだろうし。

っていうか、この子ってば、見た目は完全にまだ少年という感じなのに、自己評価ではそうではないってことなのかな。そうじゃなきゃ、なかなか年上のお姉さんのことを幼子とか言わないよね。

獣人と人間との常識の違いは、早急に学んでおく必要があるかもしれないな。

ジガ君の両手両足の戒めを外して寺院を出ると、日が傾きかけていた。時間は夕暮れ時。
そろそろ戻ってダンジョンの続きをやらなきゃなのだが、その前にジガ君にいくつか確認しておきたいことがあった。
「ジガ君の組んでたパーティーって今どうなってるの？　呪いに掛かってその解呪にお金がかかったのが、そもそもの発端と聞いてるけど」
「俺抜きで活動しているはずだ」

「その人たちも呼べないかな」

「呼ぶ……？　どういう意味だ？」

ジガ君が殺気立つ。犬みたいに髪の毛がちょっとフワッと立つのね。面白いな。

「どうどう。別にお仲間まで奴隷にしようって話じゃないよ。うち、メルクォディアって迷宮を運営してるんだけど、よかったらどうかなって」

「メルクォディアはハズレ迷宮だと聞いている。そんな場所では稼げないだろう？」

「稼げる稼げる。私が雇うから。給金を払う上に、衣食住完備。シャンプーまで付けちゃうよ。自由時間にはジガ君も合流して迷宮探索してもいいし」

「…………俺たちは全員獣人だ。どうしてそこまでする？　俺になにをやらせるつもりなんだ？」

訝しみジロリとこちらを見やるジガ君。

私が言ってることってそんな意味不明かな。

「マホは説明が雑なんだよ。もっと噛み砕かないとダメじゃない？」

「そうは言うけどね。まだ私も彼をどう使うか完全には決まってないからさぁ。人手不足だってことだけは確かだけど」

「ホームセンターのことは教えるの？」

「教えようと思ってるよ。というか、教えないと仕事にならないし」

私たちに必要なのは共犯者だ。

ホームセンターの秘密を守れて、なおかつ一緒に迷宮を盛り立てていってくれる人。そういう意味でも、契約魔法で縛られた関係であるジガ君は、非常に都合が良い。

本人は嫌かもしれないが、これも運命だと諦めてもらおう。私は、奴隷可哀想（かわいそう）！　と言って解放して回っちゃうような博愛主義的な存在ではないんだよ。


街の外の人目のない場所まで移動してから、私はセーレを喚んだ。

心の中で念じるだけで、本当にセーレは瞬間移動してやってきた。

その瞬間、ジガ君がいきなり数十メートルは飛び下がった。臨戦態勢に入り両耳が伏せられ、尻尾（しっぽ）が下がり足の間で震えている。

いきなり人が現れたからか、めちゃくちゃビビってるな。

獣人ってどういうものか知らなかったけど、動きはかなり犬っぽい。

「おーい、そんなビビらなくても大丈夫よ。戻ってきなさい」

「そ、そいつはなんだ⁉　魔物ではないのか！」

「魔物ではないよ。どっちにしろ仲間だから安心していいよ」

あー、獣人からするとセーレは余計に違和感が強いのかもしれないな。

ゆっくりと戻ってくるが、かなり及び腰だ。この街じゃあ上級探索者として鳴らしたみたいだけど、セーレは最下層ボスの一角であるドッペルよりもさらに上位の存在。もしかすると、レッドラゴンよりも強いんだろうからなぁ。戦ってるとこほとんど見たことないけど。

『この者は？』

「ジガ君。買ったの」

『ふむ。獣は事足りていると思いますがね』

相変わらず私以外にはちょっと冷たい感じだ。まあセーレは自称神だし、こんなものだろう。

その後は一度ダーマ市庁舎へと戻って、今後の動きについてのすり合わせを行った。

とりあえずの分の支払いは問題ないが、支払い金額はそれなりに大きく年額5万ゴルである。

シャレにならないことにならないように、ある程度は資金をプールしておく必要はあるだろうが、少しだけ資金に余裕ができた。

あとは商人にちょいちょい食料とか売って、小銭を得たりしてもいいかもしれない。

「フィオナ、なんか余ってる武器とかある？　ジガ君に持たせるから」

「あるけど、ジガ君はどういう武器を使ってたんですか？」

「……む。敬語はいらない。あなたは貴族なのだろう？」

「そう？　でも探索者としては先輩みたいだし。上級だし」

「レベルはフィオナのほうが上だけどねー。ジガ君、フィオナってこう見えて位階16なんだよ。ビビるでしょ」

私がそう言うと、ジガ君は本当に驚いた顔をした。

獣人は人間と顔の作りが違うけど、耳とか尻尾に感情が出るからわかりやすいね。

「じゅ、16……？」

「しかも、うちのフィオナちゃんは戦士の加護と魔法の才能の両方がありまーす」

「魔法戦士で位階が16とは……。そのような者は、かの勇者ぐらいしか聞いたことがない。それとも、もしやあなたが？」

「違いますって。勇者さんはメイザーズの探索者のはずだし」

「えー、なになに勇者って」

「そういうあだ名の人がいるのよ。一人でダンジョンに入っててついたあだ名が『勇ましい者』で勇者」

「俺は、自分で勇者と名乗っている変人だと聞いた」

ふぅむ。勇者ねぇ。それ元日本人じゃないの？

いや、こっちにも勇者なんて単語くらいはあるか……。

「それでジガ君、武器は？」

「俺の武器は斧だ。それほど大きくなくてもいい」

「ん？　斧？　こういうのでいい？」

バッグから手斧を取り出して手渡す。

「いい斧だ。それはマジックバッグか？　さすが貴族となると凄いものを持っているな」

「なんか勘違いしてるかもだけど、これは拾い物だから。それより、斧はどう？　とりあえず、そんなんでいい？」

「十分だ」

言いながら斧を軽く振るって見せるジガ君。

ホームセンターの斧でいいってのは助かるね。無限にあるからどんだけ雑に扱ってもいいし。

フィオナによると探索者向けの武具はけっこう高価らしいのよね。うちから初心者用の武器として斧とか剣とか安く出せば、人も定着しやすいかもしれないな。

◇◆◆◆◇

俺の名前はジガ・ディン。

誇り高き銀狼族の戦士だ。

迷宮完全踏破を目標に掲げて幼馴染たちと集落を飛び出した俺が、まさか奴隷にまで落ちるとは。

だが、自らを買い戻すことはできる。

脆弱な人間に飼われることになるのは業腹だが……。

「それじゃ、ジガ君には私たちの秘中の秘を見せるから。もう後戻りできないからね～」

俺を買ったのは、マホという少女……。人間の雌はみな弱々しいのが常だが、彼女はそれを差し引いてもずいぶんと幼く……それこそ子どもだ。

だが、彼女の雇い主らしいダーマ領主の娘フィオナ殿は、なんと位階16の魔法戦士だという。

彼女とマホとの関係はよくわからない。そのうち説明してくれるらしいが……。

「じゃあ、手を繋いで～」

マホが手を繋いでいる相手が「転移魔法」でどこかへ送ってくれるらしい。

そう。この転移魔法を操るセーレと名乗る男は本当に得体が知れない。

俺も長く迷宮探索を続けていたから、自分自身に才能がなくとも、どのような魔法が存在するかくらいは知っている。

断じて、こんな魔法はない。ダンジョンの外へ移動する脱出魔法は存在するが、この男が使うソレはそんなレベルのものではないからだ。

――魔物ではないのか？

あれは人間ではない。見た目は人間を偽装しているが、魔力が人間の色をしていない。

深層へ行くほど魔物の魔力は薄い桃色から濃い赤へと変化していく。

だが、この男の魔力の色は――黒。

異常だ。こんな人間がいるはずがない。

実際に、セーレに見られるだけで、総毛立つ。全身が警鐘を鳴らし続ける。

この男には勝てない。もし戦ったら1秒後には全身をバラバラにされるだろう。

これは予感ではなく、確信だ。

では、こんな男を手懐けているマホは一体何者なのか。

わからない。

彼女が言う、秘中の秘を知れば、それがわかるのだろうか。

転移は一瞬。

瞬く間に、まったく別の場所へと移動したと認識した直後、重い魔力圧が身を包んだ。

――迷宮。それも、かなり深い階層だ。これほどの魔力圧は、メリージェンの16階層でも感じなかったものだ。……いや、あんなものと比較するのもバカバカしい。

息をするのすら困難なほどの深層にいる。


広い空間だ。

天井も高く、迷宮の内部としては破格の広さと言えるだろう。

そこに場違いな巨大な建物がある。光を発してそこにある。

マホもフィオナ殿も、あの得体のしれない男――セーレも私の反応をうかがうような視線を送ってくる。

「こ……ここは……？」

「どこでしょう？　わかる？」

「迷宮……だろう。それもかなり深い階層のはずだ」

「ご名答！　ようこそ、メルクォディア大迷宮最下層へ！」

最初、マホがなんと言ったのか理解できなかった。

最下層……？　そう言ったのか？

「おおー、固まってる固まってる。いいリアクションいただきましたね」

「マホォ。性格悪いんじゃない？」

『そこがレディ・マホの魅力だ』

「お、セーレはわかってるね。これはユーモアだよユーモア。場を和まそうというサービス精神と言い換えてもいいね……」

「ジガ君、全然和めてないけどね」

最下層……確かにそう言っていた。だが、最下層だと……？

メルクォディアは発見当初から、メリージェンやメイザーズよりも大型のダンジョンだと話題だったはずだ。王国でも最大のものだと。

メリージェンの公式記録は地下28階層。メイザーズでも35階層だったはず。どちらも最下層にはまだ誰も至っていない。それだけ迷宮探索は過酷なのだ。

「つまり……ここは最低でも地下35階層より下……ということなのか？」

俺が声を絞り出すと、フィオナ殿がなんとも言えない表情をした。

マホはニコニコと嬉しそうに笑っている。

「答えは、ドルドルドルドルドルドルドルドル、ドン！　１０１階層でした～！」

「はぁ？　１０１？　ふざけているのか？」

メリージェンやメイザーズの最下層は推定40階層程度だと言われている。

もし本当にここがメルクォディアの迷宮の最下層なのだとしても、地下１０１階層とは悪い冗談だ。

こちらは何年も命懸けで迷宮探索をして、それでも20階層に至ることすらできなかったのだ。

何人もの知り合いが死んだ。獣人でも区別せず接してくれた者もいた。将来を夢見た者がいた。年若い者もいた。失意のまま田舎に戻った者もいた。

それを、こんな……魔物と戦ったこともなさそうな幼子が101階層とは冗句としても許せん。

「契約魔法で行動が制限されていなかったなら、俺は……お前をぶちのめしていただろう。それくらいその冗談は笑えん」

「んん？　マジ？　フィオナァ、私ミスったっぽい？」

「だーかーら言ったじゃん。普通は怒るか呆れるか笑うかだって。真面目に探索やってる人からしたら、一瞬で101階層まで連れて来られて『最下層でーす』なんて言われてもなんにも嬉しくないんだって！　マホはもうちょっと常識を学んだほうがいいと思うな」

「だって、実際101階層なんだからしょうがないじゃん？　経営側になってもらうんだから、汚い裏側も知っておいて貰う必要あるし」

「ん、まぁ、それもそうなんだけどさ……。こう、配慮がないんだよ、配慮が」

「へいへい、どうせ私はガサツですよ～だ」

正直頭にきているが、フィオナ殿とマホとの会話からすると、冗談で言っているわけではない……らしい。

では、本当だというのか？　あの男の転移魔法は実際、どんな場所へも移動できるもののようだし、ではいきなり全部すっ飛ばして最下層へ至ったとでもいうのだろうか。

わからない。なにも。

だが、俺は断じて、あんなおちゃらけた子どもを主人とは認めたくない。

俺は誇り高き銀狼族、族長の息子だ。

俺の主人は、俺自身なのだ。


「主人〜〜〜〜！　ご主人さまァ〜〜〜〜〜！」

ん？


「何か来るぞ。大型の……なんだ……？　魔物……？」

「あ〜、あの子たち留守番してもらってたからね。魔物じゃないよ」

「あの子……？」

長い探索者生活で、魔物の足音にはかなり敏感になっている。

魔物特有の地面に爪が当たるチャッチャッという音。

かなり大型だ。階段を駆け下りてくる。

「ご主人〜〜〜！　お帰りなさいだワン〜〜〜！」

「ニャーニャーニャ〜」

「ガァ」

階段から現れたのは、巨大な獣たちだった。

だが魔物ではない。

その魔力の色は、透き通るような青。

中でも先頭を走る者は、堂々たる体格で、毛並みは収穫期の小麦畑のごとく黄金色（こがねいろ）に輝き、口元から覗（のぞ）く牙（きば）は大木の幹のように太く、しかし剣のように鋭く研ぎ澄まされ、どんな困難をも噛み砕く雄々しさを感じさせた。

よほど名のある森の主（あるじ）であろう。

「ご主人様〜！　撫でて欲しいワン〜〜〜〜！」

「よ〜しよしよしよしよし。ポチはおっきくなっても甘えんぼだねぇ」

な、なななな！

あろうことか、森の主は一目散にマホへと駆け寄り、あまつさえペロペロと顔を舐（な）めるではないか！　あれは獣族にとっては最高の親愛表現！

どういうことだ……!?

猫型の主も、竜型の主も同じような反応だ。

あれでは……あれではまるで――

「ん？　これは誰だワン？」

犬型の主が、俺のほうに来た。

恐怖すら覚えるほどに雄大な存在だ。

しかし、その瞳の色は深く、万物をも見通すような思慮深さを感じさせる。

「クンクン……。同族っぽい匂いだワン」

「わ、私はジガ・ディンと申します。あなたは……」

「ポチだワン！　ご主人様のペットだワン！」

「ペット……とは？」

「愛玩犬だワン！」

「あ……愛玩……？　つまり、あなたもマホの奴隷……ということなのですか？」

「ん？　んん～～～？　たぶんそうだワン！」

なんということだ！

彼らは私の先輩奴隷だったのだ……！

あのセーレとかいう得体の知れない存在を従えているだけでなく、これだけの者たちの上に立つほどのお方だったとは――！


俺は、奴隷に落ちたことで目も心も曇らせていたらしい。

そうだ。よく見ろ。目を凝らして。

マホ殿の、慈愛溢れる微笑み。余裕のある立ち姿。理知的な瞳。

彼女のその幼い姿だけを見て、侮っていたのは俺のほうだったのか……。

俺はマホ殿の前に立ち、膝をついた。

「マホ殿……いえ、主殿。これまでの無礼をお許し下さい。俺は戦うくらいしか脳がない男ですが、あなたの奴隷として一生を懸けて尽くさせていただきます」

「えっ⁉　な、なに？　急に」

ああ……。戸惑う主殿も素敵だ。

マホです。

なぜだか、いきなりジガ君に懐かれました。

「ポチなんかした？」

「なんにもしてないワン。その人は新しい仲間？」

「そうだよ。みんなも仲良くね」

「はーい。よろしくだワン〜！」

本気で言ってんのかなんだかわからないけど、いきなり自分の立場を自覚した……のかな。なんだかよくわからないけど、いきなり嘘を言い出したわけでもないだろう。奴隷契約の時に、嘘をつくことが出来ないみたいな条項が入ってたような気がするし。

「ジガ君、この子たちは魔物には見えないの？　見た目はほとんど魔物みたいだと思うけど」

「まさか！　人間にはどう見えるのか知りませんが、我々があのお方たちと魔物とを見間違うことなどありえません」

「そうなんだ。フィオナはけっこう魔物と勘違いしてなかったっけ」

「だって見た目が完全に魔物だもん。魔力も動物のとは違うしさ」

今ではフィオナも猫吸いするくらいには彼らに慣れているが、初対面の時はビビってたもんな。


とにかく顔合わせも終わったということで、ジガ君にもホームセンターのことや、私とフィオナとの関係、これからやることなんかを一通り説明した。

実際に最下層の魔物を倒した話をした後は、完全に「心酔してます」みたいな目で見られるようになってしまい、ちょっと困った。ポチ並にしっぽも振ってるし。

メリージェンにいるジガ君の元パーティーも、彼が説得して呼んでくれることになった。

かなり有名なパーティーだという話だが、ポチたちを見せれば一発でわからせられる……とのこと。

獣人コミュニティーよくわからない。

ちょうど時間的にも夕方から夜にかけての時間。
だいたいいつもこの時間には、探索を終えて酒場にいるとのことだったので、セーレに頼んで私

たちは再びメリージェンへと飛んだ。

「それで、ジガ君の元パーティーは何人いるの？　どういう構成？」

「誰も抜けていなければ11名です。あと、俺のことは呼び捨てでお願いします」

「考えとく。で、構成は？」

「2名のみ斥候。残りはすべて戦士です」

「え、えええええ？　魔法使いも僧侶もなし？」

フィオナがけっこう大袈裟に驚く。

曰く、ダンジョンでは魔法のほうが効く魔物も多いし、なにより傷に関して魔法による癒やしがあるのとないのとでは継戦能力が段違いなのだそうだ。

一応、ポーションとかいう魔法の薬があるらしいが、かなり高価で、そんなものを日常的に使っていたら全然稼げないのだそう。

「脳筋パーティーというわけだね。それでも斥候は必要なんだ？」

「迷宮探索には斥候が絶対に必要です。斥候を連れていないパーティーは、必ずどこかで全滅します」

「そこまでなんだ。フィオナが潜ってた時はどういう構成だったの？」

「あ、あ〜。実は私のときは斥候連れてなくて、私以外は、戦士、魔法使い、僧侶って感じで……」

ドラクエじゃん。まあ、だから転移罠にも引っかかったというわけか……。

個人的には僧侶の魔法も見てみたかったが、仕方がない。

まあ、そのうち見る機会もあるだろう。

ジガ君の元パーティーの行きつけの店は、裏通りの奥まったところにあった。

「隠れ家的な店だね」

「獣人を嫌う者も多いので。トラブルを避ける為に、獣人は獣人用の店を利用します」

「あ、そういうのあるのね」

差別は少ないけど、なくはないということか。

人口比率的にも獣人のほうが少ないようだし、どうしてもマイノリティー側になってしまうということか。

「それに……獣人同士のほうが気楽です」

「なるほど」

店の中はちょっと獣っぽい匂いというか、なんだろこれ、草とかナッツ系の匂いがした。

すでに夕暮れ時をすぎて日も沈んでいるが、店内は明かりの魔導具でそこそこ明るく、なにより
たくさんの獣人が酒や料理を楽しんでいた。

店自体はあまり広くないが、けっこう儲かっていそうだ。

私たちに気付いた客たちが、「なんで人間が⁉」みたいな目でこちらを見る。

その後で、その視線がジガ君へと向かう。

「ジガ！　ジガじゃないか！」

「えっえっえっ？　ジガさん？　あーーーー！　ホントだ！　ジガさん！」

「ジガだぞ！　ジガが生きて戻ってきた！」

「もう自分を買い戻したのか⁉　さすがジガだ！」

やんややんやと人が集まってきて揉みくちゃにされている。

うんうん。みんなケモケモしていて可愛いね。


ジガ君が私たちが連れだと説明してくれて、とりあえず席に着くことになった。

説明はジガ君に任せて私とフィオナはせっかくだから、そのままなんか食べることにした。

地味にこういうファンタジー感ありありな店は初なので感動だ。写真撮っちゃお。

ちなみにセーレは目立つので今回も帰しました。完全にアッシーとして使っているが、まあセーレ自身も転移術に誇りを持っているみたいだし、まんざらでもなさそうなので問題ない。

「店員さん猫の獣人なんだね。フィオナ、こういう店来たことある？」

「ない……。というか、こういう獣人だけのお店があるって知らなかったな」

「いうてフィオナは御貴族様だから、視界に入ってなかったんじゃないの？」

「どうかな……。そうかも。獣人の探索者がたくさんいるの知ってたし、見たこともあったけど、私は全員人間としか組んでなかったし」

フワッとした分断があるのかな。

それか、人間サイドはそこまで気にしてないけど、普通に全然差別しちゃってるパターンとか？

「にゃにゃにゃ〜。ご注文はどうしますかにゃん？　人間のお客様は初めてですけど、ジガ君の連れてきた人なら、私たちにとっても大事なお客様だにゃん」

「うきゃぁあ！　可愛い！　にゃんこウエートレス！」

「にゃ⁉　にゃにゃにゃ⁉」

「驚き顔もキャワタン！」

「マホ……」

フィオナには呆れ顔されてるけど、こっちの世界じゃ異常性癖扱いか⁉

でも、だって、可愛いもん。これ、仕方ないんじゃない？　ガチの猫耳少女がにゃんにゃん言いながら給仕してくれるんだよ⁉　あと目と口も鼻も微妙に猫っぽくて可愛い。

にゃんこウエートレスも「にゃにゃにゃ⁉」と驚いているし、ちょっと異世界人ムーブ過ぎたかもしれない。

いや、これはどっちかというと人権問題か？　動物扱いは許されざるとかそういうのあるかも。

「ウエートレスさん、この店のおすすめは？」

「今日のおすすめはサモポのカルパッチョにゃん。あとはうちの名物料理のメガエビの香草焼きも食べてみてほしいにゃん」

「おっけーおっけー。全部美味しそうじゃない。それ両方二人前ね」

「お飲み物はお酒で良かったかにゃぁ」

「お酒かぁ……。まあ試してみるか。持ってきて」

食べ物はちゃんとメニューというか種類がちゃんとあるっぽいけど、お酒はただ「お酒」なのが面白い。昔の日本だと、酒といえば日本酒オンリーなんて時代もあったみたいだけど、ここもその流れなのかもしれない。

まあ、周りの人たちが飲んでるのがみんな麦酒(ビール)っぽいから、この世界——というか、このあたりで酒というとビールのことを指すのが一般的なのだろう。

フィオナの家で歓待を受けた時はワインが出たけど、ワインはかなり高価という話だったから、庶民がどうこうできるものではないはずだし。

「ね、ねぇマホ。さっき、サモポとメガエビって言ってた？」

「言ってたね」

「マホはそれがどういうものなのか知ってる？　食べられそう？」

「知らないし、来てみないとわからないかな。まあ私はたいていのものは食べられるから大丈夫でしょ。それで、サモポとメガエビってなんなの？　メガエビはエビのでかいやつかと名前から想像してたけど」

「メガエビはエビで間違いないよ。海で獲れるエビでね。強そうな見た目だから探索者でも、縁起をかついで食べる人が多いの」

わりとそのまんまで良かった。

エビがたくさん獲れるってのは日本人的にもありがたいね。伊勢海老でもロブスターでも、どっちにしろ嬉しい。うちにも大量に運んでもらいたいね。料理チートが火を吹くぜ！

「サモポは北部のほうで獲れる大きな魚でね。これも鋭い牙が特徴で……あ、ちょうどほらあれ」

フィオナが指差す先。カウンターの向こうで猫耳コックが大きな魚を捌いているところだった。

ほうほう……ってあれ、鮭じゃない？　つまりサモポはサーモン系の魚ってことか。

「………でもさ、調理方法がほら……やっぱそうだよ。マホ食べられるかなぁ、あれね、なんと焼かずに生で食べる料理なんだよ！　獣人はサモポを生で食べるって噂でも聞いてたけど……！」

「そりゃそうでしょ。カルパッチョって言ってたじゃん」

「そうそう……ってアレ？　驚かないの？　生だよ？　魚を生で食べるんだよ？」

「んまぁ、寄生虫はちょっと怖いけどねぇ……」

なるほど、この世界でも生魚はあまり食べないってことなのか。確かに、これまでこの世界で食べたものでも生魚はなかった。なんなら生肉もなかった。

私は一般的な日本人なので、生の魚も肉も大好物である。

余談だが、うちは父親が変わり者だったので、店での提供が禁止されている生レバーやユッケを食べる機会がかなりあった。懇意にしている肉屋から新鮮なそれをもらってきて、父親が調理するのだ。私はそれがものすごく好きで食べまくっていたが、中学のときの自己紹介で、好きな食べ物を生レバーと言って先生にまでツッコまれたのは良い思い出だ。

「お待たせいたしました～！　お酒とサモポのカルパッチョ二人前！」

「おほ～。美味しそう！」

「ま、マホ……。え、えええ、ほんとに全然平気……ってこと？」

フィオナは生魚に関してはちょぃいと……いや、かなり苦手意識があるらしい。

まあ、食べたことがないってのは、そういうことかもしれない。

見た目はそのまんま鮮やかなピンク色したサーモンカルパッチョである。この世界は異世界と言えども、魔法やらダンジョンやら実在するらしい神のことを除けば、かなり地球と似通った世界。特に生き物関係はかなり近い。まあ、厳密には見た目が近いだけなのかもだが、私がこの世界で違和感なく過ごせている時点で、それはほとんど「同じもの」と考えてもいいような気がしている。

つまりこの魚は99％サーモンである。たぶん。

「いただきまーす。ふぅむ。柑橘系のソースが肉厚なサーモンの脂と絡み合って……おいしい！」

「にゃにゃー！　よかったですにゃん。生の魚は人間は好まないって聞いてたから」

「めちゃ好むよ。味付けもいい感じね。うちで店ださない？」

「にゃにゃにゃ⁉」

この味なら、こんな路地裏でやんなくても、大通りの一角をあげちゃうよ。

どのみち、店は足りないのだし、獣人が肩身の狭い暮らしをしてるってんなら、どんどんうちに勧誘してしまえばいい。今なら、先行者利益取り放題だしね。

「お酒も飲んじゃう！　ふむふむ。けっこう濃い目の味だね。これも少し柑橘系のフレーバーが入ってるな」

余談だが、うちは父親が変わり者だったので、お酒もちょいちょい飲まされていた。

完全に法律違反なのだが、父曰く「酒のことを知らないで失敗するほうがよほど怖い。特に女は」ということで、今まで本当に少しずつだがいろんなお酒を飲まされてきた。

ビール、ワイン、ウイスキー、日本酒、焼酎、リキュール類……。

その結果だが、父曰く「喜べ、お前はめちゃくちゃ酒に強い部類だ。俺に似たな」とのことだ。

それで、両親そろって私のその性質を喜んでくれたのが、もうずいぶん昔のことのように感じる。

なんでも社会に出て「酒に強い」という性質は、かなり強力な武器になるとかなんとか……まあ、今となってはその社会に出るという未来はやってきそうにないわけだけど。

……まあ、とりあえずその経験は今、役にたっているかもしれない。

「で、フィオナ、食べるの？　食べないの？」

私がビールをおかわりしている間にも、フィオナはフォークに突き刺したサモポを食べるか食べまいか逡巡して固まっていた。レベル16に到達した魔法剣士様でも生魚は難敵らしい。

「う……。まさか、本当にマホが全然平気だとは……。この裏切り者……」

「まあ、食べないなら私が全部食べちゃうもんね。あー、こんなに美味しいのに、味がわかんなくてかわいそー。パクパクゴクゴク。ワンモア！」

「マホって、見た目ちっこいのに、めちゃよく食べるよね。お酒も……強くない？」

「これが取り柄ですから」

結局フィオナは生魚を食べられず、私が全部食べた。

ま、生魚デビューはまたの機会に持ち越しだね。ホームセンターには刺し身包丁も醤油もあるから、刺し身でもこしらえてやろう。

ジガ君たちの様子を見ると、だいぶ一生懸命に説得を試みているようだった。

まあ、難航するよね。ジガ君はダンジョンの最下層以外はまだ見ていないわけだし、メルクォディアの実際の探索がどうなのかは、全然知らないわけなのだから。

口では稼げるとか言っても、そう簡単に今の生活を変えられるものではない。こっちは、貴族サイドだから、うちで雇うとなれば日本的な感覚では公務員に当たるのか？　だとすれば、それに価値を見出してくれるのであれば、ワンチャンあるかも？　といったところ。

「お待たせいたしました〜！　メガエビの香草焼き二人前にゃん〜！」

「おほ〜〜〜〜！　デッカくて豪華！　超美味しそう！」

「こ、これなら私も」

メガエビはデカかった。デカい。めちゃデカい。マジかよ。

日本でこれ注文したら、1万円……いや2万円……もっとだな、3万円くらい取られるかもしれない。なんたって、二人前で巨大なエビが2尾。背で割られた伊勢海老っぽいエビが香草と塩で焼かれている。

香りも良い。これはローズマリーだろうか。同じ香草ではないだろうが、獣人なのに香草を好むというのは少し意外だ。ハッキリ言ってフィオナの家の料理と比べても引けを取らないクオリティである。伊達にこの世界の大都市で店をやっているわけではないということだ。

ぶっちゃけ屋台なんかも入れれば、競合店はめちゃくちゃあるはずなのだから、その中でも、トップ級の探索者パーティーが懇意にしているという時点で、良い店であるのは確定だったということなのかもしれない。

「あっ、美味しい。私、メガエビってそんなに食べたことなかったんだけど」

「うんうん。美味しいねぇ。私もエビは大好物」

値段を聞いてみたら、これまた安い。驚安だ。せいぜい1人前で2000円とか、それくらいの価格帯という感じ。ということは、エビの原価は1000円以下ということ。あんな大きなエビが！　日本人としてはかなり朗報じゃない？　エビグラタンに、エビスパゲッティ、エビフライ、海老天、エビチリ、エビマヨ、エビ刺し、エビの握り、香草焼きもいいけどチーズ焼きとかもいい。エビだけでやりたい料理が無限に湧いてくる！

「ど、どうしたのマホ、急に上の空になって……」

「ゆめがひろがりんぐ……」

「マホがエビ食べておかしくなった！　ま、いつものことか。あ、これおかわりお願いしまーす」

フィオナがゴクゴクとビールを飲みほす。

さすがは探索者やってただけあって、なかなかいける口だね。私もワンモア！

エビを完食したころ、ジガ君が結果報告に来た。

「主殿。なんとか説得できましたが、やはり実際に見てみなければわからないという意見が思っていたよりも多く……」

「ん。そりゃそうでしょ。まあ、別にそんなすぐ決めなくても、実際にある程度見てみてから決めてもいいよ」

「いえ、一度見ればわかるはずです」

「そうかな。ダンジョンってそういうものなの？」

「いえ、ダンジョンではなく、ポチ様タマ様カイザー様と謁見させていただければ」

「謁見」

あの子たちは獣人的には王様的なものに見えている……ってこと？

「まあいいけど。でも、今日は遅いから明日にしよっか。フィオナもこれだし」

「なぁ～～～にぃがこれですかぁ～。マホぉ。もういっぱい飲むのぉ」

「まさか、フィオナがこんなに弱いとはね……。この子、探索者時代とか大丈夫だったんだか」

「うぇへへへ。のんじゃらめって言われてたんですぅ～。す～ぐ酔っぱらうからって。ぜぇ～んぜんよってなんかないのにんぇ？　にゃは」

ぎゃはぎゃは笑いながらタバコを取り出して火をつけるフィオナ。

店員さんが急いで灰皿を持ってくる。

な、なんてたちの悪い酔っ払いなんだ……。

やはり自分の酒の程度は、ちゃんと自分で把握してないとダメなんだ。

お父さん。あなたは正しかったよ……。

次の日、メルクォディアの迷宮近く。
セーレの転移を使って、誰もいない野原にジガ君のパーティーメンバーを招集した。
フィオナは自宅待機。二日酔いだ。あの子にはもう酒を飲ませるのはやめよう。

ジガ君の元パーティーは、全部で11名。

猫獣人の斥候が2名で残りは戦士。

種族はジガ君と同じ狼系の獣人が3名。リザードマン風のトカゲ獣人が2名。クマっぽい獣人も2名。タヌキっぽい獣人が1名。キツネっぽい獣人が1名。

なるほど、みんな強そうだ。

位階もジガ君より少し低いが全員10を超えているのだとか。

見た目はけっこう年齢がいってそうな子から、ジガ君より若そうな子もいる。幼馴染と、こっちで知り合った獣人とで結成されたパーティーらしい。

「主殿。それではよろしくお願いいたします」

ジガ君は気楽にそう言うが、なんというか、パーティーの人たちはだいぶ私のことを訝しんでいるっぽいんだよな。

まあ、彼らからすればリーダーを奴隷として購入した人間なわけだし、しかも、ちょっと洗脳されてんじゃないの？　的な感じなわけじゃないですか。

本当にポチタマカイザーを見せただけで納得するのかな。

獣人コミュニティよくわからん。

とにかく百聞は一見にしかずということで、セーレに頼んでポチタマカイザーを連れてきてもらった。

本当は巨大アロワナのアロゥも見せたいところだが、水から出れないから仕方ない。そのうち海か大きい湖があったら泳がせてやろう。

「お外だワン！　ご主人〜！　走っていい？」

「日向ぼっこするにゃん」

「ガァ」

お披露目には早いということで、まだ彼らは外で自由にはさせていない。だからか、こうしてたまに外に出すととても喜ぶのはやっぱりイヌネコトカゲだからだろう。

ポチは駆け回りたいし、タマはひなたぼっこしたいし、カイザーは日光浴がしたいのだ。

「ちょい待ち、ちょい待ち。君たちのことを見たいという人たちがいるんだよ。昨日会ったジガ君の仲間」

「ホントだワン。同じような匂いがするワン」

ジガ君の仲間たちを見ると、全員棒立ちで、ジガ君の時と同じようなリアクションだ。

よく見ると、全員プルプルと震えている。

感動か？　感動なのか？

ジガ君だけがドヤ顔である。

けしかけてみた。

「ほれ、ポチタマカイザー。彼らに挨拶(あいさつ)して来なさい」

ワフワフと11名の探索者たちのもとへと駆け寄っていくポチタマカイザー。事情を知らなかったら、普通に恐怖かもしれないな……と思わなくもないが、彼らの反応は予想と違うものだった。

全員、なぜだが跪いてしまったのだ。

ポチとタマがクンカクンカとやってもされるがままである。

結局どういうことだってばよ。

「それで、これはどういう状況というわけなの？」

「もちろん謁見は成功ですよ。見てください、あのポチ様の太陽の下で尚のこと神々しいお姿……。俺もいつかはあのようになれるのかと思うと、胸が熱くなります」

「なれる……なれるのかなぁ……」

完全に獣フォームのポチたちと、獣人（かなり人間寄り）の彼らとではだいぶ違うような気がするけど、なぜか成長するとあんな感じになるという気がするらしい。……いや、違うな。見た目は些末事なのかもしれない。なにせ魔力が見える世界だ。私の目には見えないなにかが、そう感じさせるのだろう。

謁見というか、匂い嗅ぎっこが終わり、11名の者たちの代表らしき男性。ジガ君と同じ狼獣人の一人が、私のところに来た。

「マホ様。ジガから話を聞いたときは正直半信半疑でした。ですが、こうして実際にお会いして……本当に感動いたしました。獣人の高み。これほどの神気溢れる方々を3名も傘下に収めていらっしゃるとは。ジガは本当に良い縁に恵まれた。あれはあまり運が良いほうではないから、心配していましたが……。我らにとっても素晴らしい縁となりそうです」

そう言って頭を下げる彼は、ジガ君の親友のバヌートさんというそうだ。生まれ故郷の村の幼馴染で、バヌートさんは村長の側近の息子。年齢もジガ君より4つも上なのだとか。

他のメンバーも加入時期はそれぞれらしいが、けっこう今のメンバーになってから長いらしい。命をかけた冒険をともにした仲間たちというやつだ。いいね。

改めてジガ君が全員を連れてきて、私の前で片膝をついた。

「我ら、雷鳴の牙一同。マホ様の元で働かせていただきます」

「ジガ君からある程度リスクとかデメリットも聞いてるかもだけど、悪いようにはしないから。少なくとも食べるのに困ることにはならないからね。よろしく」

「よろしくお願いいたします！　……それで、お願いなのですが、その……」

よろしくした後、みんながなんだかモジモジとしだす。

言いにくいお願いなのだろうか？

「どうしたの？　なんでも言ってみて。無理なことなら無理っていうし」

「その……ポチ様タマ様カイザー様といっしょに遊んでもいいでしょうか……」

「遊ぶ？」

歴戦の探索者がそんな単語を使うと思わなかったので、ちょっと驚き。

いや、歴戦ではあるけれど、同時にまだまだ子どもでもあるのかもしれない。ジガ君だってまだ13歳なのだし。８歳から探索者やってるらしいけど。

ちなみにポチはすでに凄まじいスピードで走り回っているし、タマは木に登ったり降りたりしてるし、カイザーは目をつぶって日光浴を楽しんでいる。

まあ、どういう遊びだかわからないけど、全く問題はない。

「遊ぶのなんか道具使う？　ボールとか持ってこよっか」

「いいんですか⁉　ぜひ！」

なんか思ってたのと違ったけど、バランスボールとかロープとか遊ぶのに使えそうなものをホームセンターから持ってきて渡したら、思い思いに遊び始めた。

あとは普通にポチやタマに抱きついてもふもふ楽しんでいる。

カイザーのところにはリザードマンの二人が一緒にいって、一緒に日光浴を楽しんでいる。静かで渋い。

「……ま、これで人手不足は多少はマシになりそうね。それにしても、ポチたちって、どうしてあんなに獣人に好かれるのかな。大きくてかわいいだけじゃないよね？」

なんとなしに隣にいるセーレに話しかける。

セーレは寡黙を通り越して、一言も喋らずフリップを使って会話をする変わり者だが、別にコミュニケーションに難があるというわけではない。むしろ、喋ったら饒舌なタイプという気がするのだが、口を利かないのはなにか理由があるのだろう。無理にそれを聞き出すこともないので、そのままにしている。

必要があれば、自分から言ってくるだろう。

『あの獣らはレディ・マホと同郷という話でしたね？』

「そうだね。ホームセンターごとやってきたという点でも同じ」

『彼らは半精霊化しています。半神と言ってもいいでしょう』

「ふぅん……って。は？　なにそれ」

『魔石を食べたということでしたが、通常は魔石を体内に入れてもそれが反応することはありません。ですが、魔物を倒さず、脆い体のまま最下層の高純度の魔力に身を晒し続け、あまつさえ、そこに最高純度の魔石を入れたことで、強制的に高次の存在へとランクアップしたのでしょう』

「そんなことあるんだ……。じゃあ、私も同じような状況だからランクアップできちゃう？」

『レディ・マホはすでに魔物を倒していますから、難しいかと』

「ですよね〜。ってか、別にやるつもりもないけどね。嫌じゃん、人間やめるとか」

『それがいいでしょう』

それにしても半神か。

ダンジョンマスコットとして表に出しとこうとは思ってたけど、普通にポチたちだけでめちゃくちゃ集客できちゃうかもしれないな。

私がダンジョン内部の改装をやったり、ジガ君と出会って彼のパーティーメンバーとの契約を進めている間、ドッペルゲンガーのドッピーには、地上の状態を確認してまとめてもらっていた。

探索者の街にするために、なにが必要で、どういう優先順位で作っていくか……ハッキリした情報がなければ、どう進めていけばいいのかもハッキリしないからだ。

しかも作ればいいというものでもない。

働く人間がいなければ意味がない。つまり、地元住民との折衝が欠かせないということだ。

特に「現在もダンジョン近隣で店舗を経営している住民」の情報はかなり密に調べさせた。

せっかく頑張って商売を続けているのに、私がホームセンターの品とかを持ち出して、タダ同然で配ったりしたら、せっかくの地元民が離れる原因になってしまう。

だから、まず地元の状態をきっちりチェックする。彼らは私たちの仲間であり、言ってみれば運営最初期のキーメンバーみたいなものなのである。

みんな今の状態が良いとは思っていないのは確かなはずだから、ちゃんと話せば協力してくれるだろう。

「で、ドッピー。進捗はどう？　必要な資材とかあればじゃんじゃん卸しちゃうからね」

「では、報告いたします。けっこう長くなりますよ」

ドッピーと数日ぶりに合流して、地上部分の進捗を確認する。

ドッピーは今、私の姿だ。私自身と対面して話をするという謎な状況だが、運営の話をするなら『私同士』であったほうが、話が早い。

ドッピー自身も、オリジナルの状態は意外とアイデンティティがあやふやだそうで、なにかになっている状態のほうが落ち着くのだそうだ。妙な生態である。

「まず残っている店からですが、ダンジョン近くで営業しているのは鍛冶屋が一軒のみです。あとは魔石の買取所ですが、こちらはダーマ家の運営となっています」

「宿屋とか道具屋はない……ってこと？」

「すべて領都のほうへ移転してしまったようですね。探索者がいなければ稼ぎようがありませんから」

「それでも鍛冶屋は残っている……と。不思議だね。なんで移転しないいんだろ。あ、鍛冶道具は設備がけっこう大掛かりだからか」

「それもありますが、農具や工具の手入れなどの仕事もあるようですね。もともと腕の良い職人だったようで」

鍛冶屋が残ったというのはかなり運が良い。僥倖と言ってもいい。

なぜなら、道具屋などの物販や、ベッドさえあればなんとかなる宿屋などは、ハッキリ言って、建物さえあれば、後はホームセンターを駆使すれば体裁を整えるのは容易い。

だが、鍛冶屋みたいな職人と設備が必要なものは全然別。

ホームセンターでは設備も整えることができないし、職人だって呼ぶのは楽じゃない。

一番残ってほしいものが残ってたと言ってもいい。

「じゃあ、その職人さんは絶対死守だね。話はもうした？」

「しましたが、半信半疑でしたね。とりあえず、お酒を贈ったら喜んでもらえました」

「でかした。また私も話をしに行くよ。うちのお抱えにしてもいいかもね。まあ、なにを求めているかがわからないとどうにもならないかもだけど」

「お弟子さんもいらっしゃるので、練習用に鉄を贈ってもいいかもしれません」

「ふむ。あとは燃料とかか。木炭ならいくらでもあるけど、石炭はあったっけかな……」

「たしか木炭しかないですね。ただ、鍛冶では木炭を使っているようでしたよ」

「なら木炭でいいか。売るほどあるからね」

なんたってブツはたくさんある。探索に鍛冶屋は必須だよ。うちで売っている武器なんて、斧とナイフ（とか包丁）くらいのものなんだから。

とにかく、鍛冶屋は貢物をしまくってでも、うちに残ってもらうぞ！

「あとは、廃墟というか使われなくなった建物ですね。こちらも、もともとは道具屋や宿屋が存在していたので、そのまま再活用できるよう整備を開始しています」

「具体的には？」

「清掃と補修。これは地元の職人を雇いました。こっちには印籠がありますから、かなりやりやすいですよ」

印籠……つまり、ダーマ領主代行の証である。

私とフィオナも持っているが、ドッピーにも持たせてあるのだ。

ちなみにドッピーは一人で行動しているが、そのへんのチンピラなど問題にならないほど強いので、治安が多少怪しくても全然問題ない。というか、ドッペルゲンガーは変身前の状態が普通に『最下層にいる魔物』の強さなのだ。

それを格下扱いしているセーレがちょっと異常なだけなのである。

「街から人を呼ぶことはできそう？」

「そちらも動いていますが、まだ腰が重いですね。実際に人が増えるまでは、仮店舗という形で運営していくしかないかもしれません」

「一回失敗してるわけだからねぇ。やり直すなんて言われても、信用されないか」

究極、物販はどうにでもなる。商人は売れるとわかればすぐに来るだろうから。

物を運ぶのも、それほど時間は掛からない。まして、領都からなら1時間程度のものだ。出張販売所ならまたたく間に整備できてしまうだろう。

問題はある程度の専門性が必要な店。具体的には「酒場」と「宿屋」だ。

「実は酒場に関してはちょっとツテがあるかもなんだ。メリージェンに獣人向けのお店があってね。

もしかしたら、うちに出張で店出してもらえるかもしれない。こっちで、店舗は作る必要あるだろうけど、人だけでも来てもらえたらって。交渉は全然まだだけど」

「それは良いですね。ではそちらの交渉はおまかせします。宿のほうは、もう少し街であたってみます。あとは、アレですね」

「アレか。ま、一番大事なとこだからね」

アレとは、つまり探索者ギルドのことである。

安全第一を掲げてダンジョン経営をするにあたって、ここまでに話した酒場やら宿屋やらは、付随設備に過ぎない。

探索者ギルドは本丸だ。

メリージェンやメイザーズは、迷宮管理局のルールでもって運用されているが、フィオナに聞いたところによると、大したルールはなさそうだ。唯一厳密に定められているのは、「魔石」は必ず買取所に収めること。これは、国外持ち出し禁止のルールに則ったもので、ルール違反はかなり厳しく処罰される。もちろん、ただ持っているだけで処罰されるわけではないが、個人が持っていてもほとんど使い道などないものだ。

「魔石買取所の買取相場関係はそのままで良さそうだけど、職員さんは何人いるんだっけ？」

「2名ですね。すでにある程度の話はしていますが、どこまで話すかはマスターの指示を仰(あお)ごうと思っていました」

「街でもう数人雇っておきたいね。ギルドの受付嬢で求人出しといて」

「男性も含めて募集しておきます。10名ほど欲しいですね」

ギルド運営には、人手が必要だ。

うちではかなり探索者ファーストな施策をするつもりでいる。

迷宮内部の地図を無償で配るのは当然として、ダンジョン内部の魔物の情報も教えるし、そもそも免許制にする。ペーパーテストに合格した者でなければ、探索者証は与えない。

あとは探索者ランク。

よそでも、上級とか中級みたいなフワッとしたランクがあるようだが、うちでは由緒正しくABCランクを採用する。最初はEランクスタートだ。

最下層まで至ったらSランクをあげてもいいな。


話し合いは進む。

ある程度軌道に乗ったらやりたいことなんかも、案出しだけして、ひとまずの情報共有は完了した。

ドッピーはかなり優秀だ。この短期間の成果としては十分だろう。

雷鳴の牙のみなさんに手伝ってもらって、引き続きの作業。ダンジョンの内部の改装を行う。
地下1階層。通称スライム階の改装が完了したので試運転を行った。

と、いっても1階層はシンプルだ。入り口から下り階段までのルート以外を、全部ベニヤ板で塞いだだけ。これで毎朝オープン前にルート内に侵入したスライムがいないか確認して、その後は「ルート外、スライム出現注意。自己責任」とするだけである。

つまり、スライムとの戦闘を望まない者は、そのままノーリスクで2階層へと移動できる。

ルートもベニヤに大きく矢印を描き「2階層への階段こっち」と案内を表示している。文字が読めない者でも安全に次階へとたどり着けるだろう。

「で、2階層も同じようなものだけど、こっちは必ず戦闘になるから注意して」

「しかし、主殿これは……」

「楽勝でしょ？」

2階層の魔物はゴブリンである。

一体一体は弱い魔物だが、問題は数だ。あっちこっちからやってきて戦闘をしているうちに気付いたら増えていて、四方からタコ殴りにされたり、近接戦闘能力がない後衛が真っ先に殺されたりするのが唯一にして最大の問題だったのである。

戦士の加護がある人間、あるいはある程度レベルが上がった者ならば、ゴブリンなど物の数ではない。

身長1メートル前後。緑がかった肌に、禿げ上がった頭。口が大きく尖(とが)った耳を持ち、まさに小鬼といった風情。麻っぽい素材の襤褸(ぼろ)を身にまとい、棍棒か小さなナイフを持っていることが多い。たまに素手のやつもいる。

腕力もさほどないし、ほんとうに幼稚園の年長さんくらいの体格でしかない。こいつらが目の前から2～3匹で突っ込んできても、普通のパーティーならば時間もかからず倒せるだろう。

だが、最初の数匹の処理に手間取るレベルだと、非常に不味いことになる。

増える。とにかく増える。ちゃかぽこ増えて10匹ほどにもなるともう手に負えない。

力自体は弱かろうが、こいつらにも体重があり、質量がある。木の棒やら粗末な短剣やらを持った子どもに10人がかりで囲まれたら、大人だって殺されることはある。

ジガ君によると、ゴブリンはどこの迷宮でもよく出る魔物だとのことだが、上階層で出てくるパターンは珍しいのだそうだ。実際、うちの迷宮でもゴブリンは6階層でも出てくるし。

まあ、そんなわけでゴブリンは数が増えるのが怖い。


だから、この階層もコンパネと扉で区切ることにした。

一方にしか開かない扉を開いて次の区画へ移動し、そこで湧いているゴブリンを倒して、また次の区画へと移動する。

ゴブリンは背が低く、1．5メートルの垂直の壁を越えることができないので、バックアタックやサイドアタックの心配をする必要なく、前方の敵とだけ戦うことができる。

探索者は次の区画の状況を目視で確認してから、次へ移動すればいいので安全だ。戦闘中にどこからともなくゴブリンがやってくる心配もない。

実際、ゴブリンが相手では、これはメリットが大きい。2階層の難易度が高いと言われていた原因のほとんどがバックアタックにあったからだ。

ダンジョン探索者は、近接戦闘ができる前衛と、近接戦闘はできないが魔法で活躍できる後衛に分けられるが、それだけにバックアタックには弱い。

斥候がいたり、ゴブリン程度ならすぐ殲滅できる高レベルのパーティーなら別だが、メルクォディアにいたのは、ほとんどが素人に毛が生えたような人たちだったのだ。

ゴブリンのバックアタックで死んだ人間の数は、フィオナが知る限りでもかなり多かったらしい。

それゆえに、私は2階層の改造にはかなり力を入れるつもりだ。

「魔物の自然湧きって見たことある？　いちおうスライムとゴブリンだけは実験したんだけど、倒したのが新たに湧くまで30分。ただし、倒した場所に人がいると、その場所には新たに湧かないみたいなんだよね。他の迷宮も同じかどうかは知らないけど」

「俺の知る限りではメリージェンもメイザーズも同じはずです。魔物は野営地に新たに湧くことはないので。まあ、別の場所で湧いたものがやってくるので、結局警戒は必要ですが」

「ん、なるほど。じゃあ、ダンジョンの共通ルールと考えて良さそうだな」

改装の終わった部分をジガ君たちに試してもらって、どうやら実際問題はなさそうだったので、そのまま改装を続けることにした。

ジガ君のパーティーメンバー11名が加わったことで、作業効率が一気に数倍になった。やはりマンパワー。マンパワーはすべてを解決する……。

ホームセンターのことは、まだジガ君以外のメンバーには教えていない。

ジガ君は契約の縛りがあるから絶対にしゃべれないけど、他のメンバーはそうではないからだ。彼らが口を滑らせるとは思っていないけれど、「知ってしまうには重すぎる情報」を教えるというのも、それはそれであまり良くないことだ。

こっちの都合でいらない重荷を背負わせる必要はあるまい。

「マホォ。こっち終わったよ～」

「お、早いね。だいぶセーレの使い方にも慣れてきたんじゃない？」

「いや、あれは慣れないって」

フィオナはだいたいの仕事がわかっているのと、なんといっても私の次にホームセンターに詳しいので、二手に分かれた一方として、チームを率いて作業をしてもらっている。

人手が増えても、ホームセンターから資材を持ってくる役目ができる人間はほとんどいない。ジガ君は教育中だし、ドッピーは地上側でてんやわんやだし。

なので、フィオナにセーレを付けているというわけだ。ちなみに私のほうはちょいと念じればセーレのほうから来てくれるので、フィオナに付けておいたほうが効率が良いというわけだ。

フィオナ自身も、だいぶセーレの暗黒オーラに慣れてきたのではないだろうか。

2階層の改装は、地味にかなり時間がかかったが、ある意味では1階層と2階層の改装が一番の

山場だったので、ここから先は少しだけ「自己責任」の割合が増していく仕様だ。

探索者が増えてきたら10階層までを初心者ゾーンとして手厚くしていく予定だが、今はまだそこまではやれない。さしあたり2階層までを初心者帯として解放。

条件をクリアするまでは3層へは進ませないこととするつもりだ。

ぶっちゃけ2階層は魔物の数自体が多いので、上手くやれば最低限の暮らしがまかなえる程度には儲かるはず。

メルクォディアは2階層さえ問題なくクリアできるようになれば、あとはもう6階層まで一気だ。

とはいえここは不人気迷宮の烙印を押された厄介迷宮。

3階層から先も一筋縄ではいかない面倒さがある。


3階層。

1階層と2階層はなぜかそれなりに明るいのだが、3階層は暗い。

ヤモリがいたダークゾーンほどではないが、かなり視界が悪く、そこに黒い巨大蝙蝠が浮遊している。誰が呼んだかフレイムバット。いきなりバレーボール大のファイアボールを吐いてくるので守備力が低い探索者は大やけどで死ぬ。暗闇(くらやみ)の中、突然火の玉が襲ってくるのはなかなかの恐怖だ。

ただ、空を浮遊するデカい蝙蝠でしかないので、明かりを付けるか、目の良い斥候を付けるかすれば、一撃で倒せる雑魚。フィオナは普通にジャンプして斬ってた。

4階層。

今までと打って変わってちょっと人工的な構造物が見られる階層。

言ってみれば地下墓地。カタコンベとかいうやつだ。

で、スケルトンとワイトが出る。スケルトンは動く骨格標本で、ロングソードを持っていて厄介。

動きも意外と早い。ワイトは乾燥したゾンビだ。ミイラの布を剝いだら出てくるみたいな死体で、
意外と力が強い。噛みつこうとしてくるので厄介。

ジガ君たちパーティーの戦いを見せてもらったが、まさに鎧袖一触、脳筋パーティーと相性が良さそうだった。

そんなわけで、魔物そのものは大した事ないが問題は罠である。

この階層には天然の罠があるのだ。壁から矢が飛び出してきたり、大きな岩が転がってきたりする。ただこれも場所さえわかっていればつぶせるので、3階層よりこっちを優先して整備する必要がある。罠を放置する意味がないからね。

あと、同じような見た目の地下墓地が延々広がっていて、しかも、階段にたどり着くまでにめちゃくちゃ長い回廊を歩かされたりして、単純に迷路として厄介。

地図作りで一番手間取った階層でもある。なにせ広すぎる。

この階層で迷子になって戻ってこれなくなった探索者は多いらしい。フィオナも5階層へ一気に抜けたから、4階層は数度しか来た事がないとのことだ。

5階層はお待ちかねの転送碑がある階層。というか、転送碑しかない。

けっこう広い空間なので、なにかに利用できそうだ。


6階層はフィオナがメインで活動していた階層で、オークとゴブリンが出る。

オークは大きな豚人間で、亜人がいる世界でこいつらはどういう扱いになるんだ……？　と思わなくもないが、魔物の魔力は赤いので区別できるらしい。

ねぇこれ、私、魔力が見えないのって地味に致命的なんじゃない？　究極、亜人と魔物の区別付かないかも。ほぼ人間の亜人はいいけど、リザードマンとかけっこう微妙なんだよね、マジで。

とにかくオークだが、こいつは剣とか斧なんかも持った身長2メートル近い大男で、けっこうガチめの戦闘力を持っている。少なくとも私は単独で戦いたくはない。

フィオナもパーティーで協力しあって倒してたらしい。

メルクォディアはこいつをコンスタントに狩れるようになると、かなり稼げるようになるとのことだ。

だいたい1～2体で出現し、ゴブリン3～5匹を伴う。この階層はゴブリンが戦闘中に加勢にくることがないので、先にゴブリンを倒すのがセオリーとのこと。

プレオープンでは6階層まで開放し、7階層以降は順次開放としていくつもりである。

というか、時間が足りないっス。

私は、ダンジョンの改装を進めながら、同時進行で探索者の呼び込みの準備も進めていた。

最初はプレオープンみたいなものなので、あんまりたくさんの探索者が来ても困る。例えば、いきなり５００人とか来てしまったら、ダンジョン内部でも人間同士の諍いが発生するだろうし、なによりも、街にそれだけの人数を受け入れる準備ができていない。

それで発生するのは暴動である。暴動は怖いぞ。

「とはいえ、できればある程度経験のある探索者を呼び込みたいんだよね」

「いや、無理でしょ。私が言うのもなんだけど、メルクォディアの悪評ってまあまあ広まってるからね。そもそも新しい人だって来るんだかどうだか……」

「ジガ君たちも知ってたくらいだしなぁ……」

普通に終わった迷宮とか言われてたしね。というか、そういう「ほとんど終わってるでコレ」、みたいな迷宮はそこそこ数があるらしい。メリージェンやメイザーズみたいに成功できるところばかりではなく、失敗して管理局にド高い管理費を支払う羽目になったなんて話もあるという。

ちなみに、うちは迷宮の規模が大きいので管理局も管理費はほとんど取らないが、その代わり権利関係は全部持っていくという契約を迫られていたらしい。

フィオナといっしょにダーマ市庁舎に訪問する。

エヴァンスさんも交えて、そのあたりを話し合っておく必要があるからだ。

あと、迷宮管理局のこともある程度知っておきたい。

「そういえばこっちでパパさん見かけないけど、別のとこで仕事してるの？」

「あー……実はあんまりマホのこと信じてないみたいで、お兄様と二人で領内になにかお金になるものがないか探しに行ってるみたい……」

「えっと……それは銀山を探しに領主自ら冒険に出たみたいな解釈でいいのかな……？」

「うん。オークションのこと話したら、もっと頑張らなきゃって思ったみたいで。いや、私は止めたんだよ？　止めたんだけど」

「ダンジョンという金鉱を掘ってる最中なのに、妙なとこで思い切りがいいパパさんだね……」

そう。パパさんは妙なところで思い切りがいい。

ダンジョンだって迷宮管理局に任せておけば、魔石の売買の利益こそ得られないにせよ、人口増加による副次的利益は莫大なものになったはず。

それを良しとせず、全取りを目指したわけだから、元々かなり山っ気が強いタイプなのかもしれない。見た目は人畜無害そうなんだけどな……。

まあ、すでにこっちは全権任されているから問題はないけどもさ。

「というわけでエヴァンスさん、探索者をちょっと呼び込もうと思ってまして」

「それはかまいませんが……来ますかね。うちに」

「手段を問わなければ、いくらでも手はありますが、できればこう……品行方正な人に来てもらいたいんですよね。でも、面接して来てもらうほどこっちも余裕ないですし、そこが難しいところです」

「手段を問わなければばって、どういうのがあるの？」

「いろいろあるよ。魔石の買取価格をこっちのマージンゼロにするとか、毎日お酒を一本プレゼントするとか、公共施設利用料1年間無料とか」

「あー、なるほど。魔石のマージンゼロ買取はけっこう大きいかもね。うちは管理局と比べればもともと多く取ってないけど」

「さほど良い案ではないけどね」

「そう？　私はいいと思うけど」

「いや、こっちが儲からないのはあんまりね」

商売で運営するのだから、儲からないといけない。

儲けを度外視した施策も時には必要だが、最終的にはより儲かるための布石である必要がある。

魔石のマージンゼロは、その探索者が有力であればあるほど、こっちの直接的な利益を損なうことになる。

ただ……こっちは魔石がたくさん欲しいわけだから、それはそれでアリなのか？

……いや、やっぱりダメだ。魔石の買取価格は聖域みたいなもの。そこに探索者によって格差があると知られたら、運営の信用を損なうことになる。

これから心機一転、ダンジョンを再オープンしようというのだ。

信用は大事にしていきたい。

「やっぱ無難なのはプレゼント系なんだよね。こっちは損がないし」

「それだけで来てくれるかなぁ」

「高レベルじゃなくてもいいんだよ。多少経験がある……そうだねレベル3くらい。初心者から初級者にあがったくらいの子でいいわけ。それならちゃんと広告打てば集まるんじゃないかな」

「それならありえるかな……？　でも、メリージェンのレベル3って、まあまあ普通に稼げるからなぁ……。あと、マホは僧侶の子とかに来てほしいんだろうけど、僧侶は難しいと思うよ？」

「そうなの？　なんで？」

「僧侶は少ないし、一番人気があるから」

僧侶が一番人気か。まあ、癒し手がいるかいないかで、パーティーの継戦能力が大幅に変わるとか言ってたから、さもありなん。

「そういえば、僧侶はどうやってなるの？　魔法使いは神と契約するってのは知ってるけど」

「僧侶も神との契約だよ。ルクヌヴィス様と契約するか、治療神ミスミランダ様と契約するかのどっちかだね」

「ルクヌヴィスって例の寺院の名前の？」

「そう。大神――ルクヌヴィス様と契約できる人は探索者じゃなくて、そのまま寺院で働くことになるパターンも多いけどね。完全蘇生魔法はルクヌヴィス様と契約して十分に修練を積んだ僧侶にしか使えないから」

「なるほーど」

だんだんこの世界のクラスのことがわかってきたぞ。

まず、近接系の能力をつかさどるのが「戦士の加護」。これがなければ近接戦闘は基本的にヘボいらしい。フィオナによると、戦士の加護は神との契約ではなく、先天的――魂に根付いた生まれながらの加護で、人の神による寵愛の証だとかなんとか。

で、問題は魔法のほうだが、こちらは「神と契約できるか否か」で魔法使いや僧侶になれるかが決まる。さっきフィオナが言ったように、ルクヌヴィスかミスミランダと契約できたら「僧侶」、それ以外は「魔法使い」という区分けになるらしい。

で、フィオナのように「戦士の加護」があり、なおかつ「神との契約」もできた人は、魔法戦士や僧侶戦士になれるのだ。私の感覚（ゲーム由来だ！）だと、上級職というやつだね。

「神との契約って一人につき一つ？　複数の神と契約したりとかはできない感じ？」

「あー、複数神との契約はねぇ。できる人はいるみたいだけど、本当に少ないよ？　人間の魂の器ってね、神様の欠片を宿らせるだけでも精一杯なんだ。そこにもう一つ神様の欠片を乗せるってことだから、普通の人の２倍の大きさの魂が必要ってことになるわけで」

「魂ね。……ふ～む、そういう概念？　いや、魂が実際に存在するのかな。面白いね」

魂ってのは、私も言葉の感覚としてはわかるけど、この世界では「契約した神が乗る場所」として、肉体のどこかに実在する――あるいは、魔力的な概念として存在しているというわけだ。

「じゃあ、理論上、戦士の加護があって、僧侶の魔法も魔法使いの魔法も使える人間は実在するってことか。なんかすごいね」

「うん。前に少し話題に出たことあったかもだけど、メイザーズにいる『勇者さん』がそれ。私は実物は見たことないけど、戦士の加護があって、雷神イヅ・ラディア様と契約。さらに治療神ミスミランダ様とも契約してるって」

「へぇ……。もしかしてだけど、その勇者って黒髪で自分で勇者と名乗って、自分以外異性ばっかのパーティー組んでる感じ？」

「え？　なんで知ってるの？　髪色は知らないけど、かっこいい男の子ばっかり集めてるってけっこう有名だけど、マホがそんなことまで知ってるなんて」

バッカモーン！　そいつがルパンだ！

どう考えても転生者もしくは転移者です。

「よし。そいつ勧誘しにいくか。どこにいる？　すぐ出発しよう」

「え、えええええええ？　どうしてそうなるの？？？？　来てくれるわけないじゃん⁉　メイザーズのトップ探索者だよ？　位階だってめちゃ高いって話だし！　私が最後に噂で聞いたときでも位階16だか17だかって」

「その勇者って男？　女？」

「女の子らしいよ」

「あは。楽勝！」

日本人……まして、女の子なら私との契約に乗らないはずがないからね。

もちろん、日本人じゃないかもだけど、ダメ元、ダメ元！

◇◆◆◆◇

私——三枝藍音が24歳で不慮の事故で死に、どういう因果かこの世界に転生して今年で16年。
ついに精神年齢40歳になってしまった。なんということだ。

「アイネ様！　こちらが今季話題のす……す、す？——なんだっけ」

「バカ、スイーツだスイーツ」

「そう！　スイーツです！　なんでも、マカディアの実を砕いて、えっと、なんか混ぜて作った、す……スイーツです！」

仲間の戦士——フリンは、いかにも軽薄で性格が悪そうな垂れ目のイケメンで、見た目はなかなか好みなのだが、抜群に頭が悪いのが玉に瑕だ。

私好みのスイーツ探索に出させたが、持ってきたのはケーキと名付けるのもバカバカしくなるような、ボソボソで甘味の足りない何かであることがほとんど。

いや、せっかく買ってきてくれたんだし、食べるけどさ。

「ああ……切実にチョコレートが食べたい…………」

この世界で16年も生きていると、さすがにワイルド肉やワイルド魚で満足するような時代は過ぎ去ってしまった。

甘味が足りない。

元日本人にとって、この環境は辛すぎる。

あとベッドも微妙だし、下着は比べるのもばかばかしいクオリティだし、化粧品なんてマジで油塗ってるだけみたいなもんですよ。シャンプーも！　リンスもない！　石鹸もなんか臭い気がする！　いや、慣れたよ。慣れました。

もう16年もいるんだし、あきらめました！

あきらめたはずだけど、こういう微妙な甘味を食べるとどうしても前世のことを思い出してしまうのだ。

勇者だ英雄だと持ち上げられても、あんまり嬉しくなれない。

最初はゲームみたいだって喜んでたけど、新しい刺激が欲しいこのごろである。

「ああ……切実に餡子が食べたい……」

自分で作るという選択も考えなくもなかったが、言うて、知識チートは当たり前に知識があることが前提なのだ。こちとら、バターや生クリームの作り方すら知らないで転生してしまったわけで、こんなことならホント事前に言っといてよ！　って感じ。

まあ、今はもう探索者になって収入も増えたから、砂糖やらハチミツなんかはいくらでも手に入る環境にはなった。ただ、甘いというだけなら手に入る環境ではある。

でもねぇ。全然心が満たされないんだな。

なんだかんだ、私って地球のことが好きだったんだな。

「想定通りの味ね……。火力にムラがある味わいというか……」

フリンが持ってきたケーキを食べる。

焼きすぎの部分と、半生っぽい部分が混在したケーキもどき。

ちょっとおなかを壊しそうな味わいだが、位階20に到達した私は、それくらいのことで健康を害したりはしない。

パーティーの魔法使いであるハンスが入れてくれたお茶を飲む。

そういえば、飲み物も非常に不満がある。ハーブティーの類はまあいい。この世界でもけっこう充実している。別にオシャレな飲み物として存在しているわけではなく、庶民の安いお茶として流通していたものだが、なかなか香り高く、それでいてサッパリしていて悪くはない。

ない……けど、まあ飽きるよね。

香りが強い飲み物だからか、余計に飽きる。

最近は、貴族向けに栽培されている別のお茶を飲んでいるが、これがまた高いんだ。

私に探索者として戦う才能がなかったら、本当に絶望の異世界転生だったに違いない。

「ああ……切実にコーヒーが飲みたい」

社会人になってから、私はコーヒー党になった。

毎日2杯は欠かさず飲んでいたはず。自分で豆を買ってきて家で飲むのは至福の時間だった。

それが、この世界にはない。

地味にこれが一番キツイかもしれない。

なにかの拍子に、「あ、コーヒー飲みたい」という瞬間が訪れるのである。

しかし、ないものはないのだ。

この世界のどこかにコーヒー豆が自生している可能性もなくはないが、それを探し出すためにジャングルを探索するなんて無理だ。もっと言うと焙煎の仕方もよくわからない。炒ればいいのか？

「……まあ、どのみちジャングルは無理ね。デカい虫とか出るだろうし」

今の私の力なら不可能ではないだろう。

だが、残念ながら私にはそこまでの行動力はないのだ。

冒険が大好きってわけでもないし、かといって家庭に入ってこの世界に骨をうずめる覚悟もまだできていない。中途半端(ちゅうとはんぱ)な状態で、なぜか探索者をやっているのである。

私が潜っている階層も、私の実力からすればかなり安全マージンを取った場所で、倒しやすくキモくない魔物しか出ないという理由で選んでいる。

そのことで、ちょっとバカにされているというのも知っている。

だが、十分稼げているし、探索者としての私はもうこれで十分と感じているのだ。

「あ〜あ。ねぇ、ハンス。このあたりで繁栄してるのって王都とメリージェン以外にある？」

「い、いえ……。この国にはないと思います。他国であるならば、もっと大きい迷宮都市があると聞きはしますが……」

「そう……。そうよね」

ハンスは――というか、私のパーティーメンバーは完全に顔で選んだ関係で、私よりも位階が低い。だからか、なんというか、みんな私にビビってるんだよね……。おかしいんだよなぁ。私ってピチピチのカワイイ16歳のはずなんだけどな。

私の裏に40歳の顔を見ているのか？　なんか魔力の色が見えるとか言ってたし。

私は転生者のくせになぜかソレが見えないから、全然感覚としてわからないんだよなぁ。


この国には、私がいる迷宮都市メイザーズ以外に、メリージェンという大きい迷宮都市が存在する。私は行ったことがないが、ここと同じくらい流行っているらしい。私も何度か行ってみようと思ったが、大きな虫の魔物が出るという情報を聞いて近づくのをやめた。

その点、メイザーズは虫型は出ないし、ゴーレムとかガーゴイルみたいな無機物が出るので好ましい。

王都は何度か行った。上級探索者になると貴族からパーティーに誘われたりするし、私も貴族から美味しいものの情報を入手するために、ちょいちょい行っている。実際、料理も甘味も、迷宮都市で手に入るものよりも上等だ。

ドレスなんかで着飾るのも気分が上がる。

と同時に、この世界が身分社会であることも思い出して、ガッカリした気持ちにもなる。私がどれだけ着飾ろうが、私がどれだけ実力を付けようが、彼らからすれば、どこの馬の骨ともしれない田舎娘に過ぎないのだ。

ちなみに、低位貴族の人たちはわりと良くしてくれる。

私みたいに、戦士の加護と魔法の才能を同時に持っている人間は、強い世継ぎが生まれる可能性が高いとかで、「嫁候補」として秀逸なのだとか。

まあ、究極そのルートかなぁと薄っすら思ってはいるが……無理だろうな。

単純に貧乏貴族より稼いでるってのもあるし、貴族の嫁になるには、私は貞操観念が終わってるわ。

「ところでガストンは？　今日いちおうこれから潜る予定なんだけど」

「アイネ様のために、珍しいものを仕入れてくるとか言ってました。今日、オークション開催日なんですよ」

「あ～……。オークションね。最近始まったんだっけ？　あの子、競りそのものを楽しんでるだけなんじゃない……？」

「かもしれません。つい熱くなってしまうとか言ってましたし」

メイザーズのオークションは、メリージェンのものを真似て最近始まったものだ。

基本的には迷宮出土品が出品されるらしいが、他にもいろいろ珍しいものが出ることもあるのだとか。

どれも金額的には常識的な額であることが多いが、ガストンは普段は倹しく暮らしているからか、ときどき妙にお金を持っていて大きな額のものでも落札してくることがある。

私はパーティーにちゃんと還元するほうだし、探索者全体で見ればお金は持っているほうではあるのだろう。いちおうこれでもメイザーズのトップ探索者パーティーと呼ばれているのだ。儲かっていないはずがない。

でも……ガストンが落札してくるものって、基本ガラクタなんだよね。

どっかの遺跡から出てきた像とかさ。恭しくプレゼントしてくれたりするけど、全然趣味じゃない。

「まあ、あの子はいいわ。そのうち帰ってくるでしょうし、探索の準備をしましょうか。ロビンは？」

「まだ寝ています」

「じゃ起こしといて」

戦士のフリンとガストン、そして勇者の私が前衛。

後衛は、斥候のロビン。魔法使いのハンス。

本当は僧侶がいるといいのかもしれないけど、ある程度経験を積んだ僧侶はだいたい偉そうで面倒臭い。それでも何人かと組んだことがあるけれど、まー、私とは合わないんだよね。リーダーぶる奴が多くて、どいつもこいつも必ず私のやり方にケチを付けてくるし。

かといってレベル1の子を引っ張ってくるってのもねぇ……。そもそも、私よりも回復魔法の腕が悪い人をパーティーに入れる意味ってある？　という感じで。

結局、ここ半年くらいは僧侶抜きで活動しているというわけだ。

そして、実際ぜんぜん問題にならない。あいつら本当に必要なのかな。

ロビンは猫獣人の女の子で、斥候としてかなり腕が良い。

夜目が利くし、なんといっても耳が良い。魔力の姿も良く見えるのだという。

そういえば、彼女に「アイネ様の魔力はちょっと魔物みたいですね！」と言われたことがあるが、あれはどういう意味だったんだろう？


探索の準備を終えたころ、ガックリと肩を落としたガストンが帰ってきた。

珍しい魔導具が出ていたらしいのだが、予算オーバーで泣く泣くあきらめたらしい。

「いやぁ、実に惜しかったです。こんな小型の魔導具で、なんと魔力の介在なしに火が出るんですよ！」

迷宮への道中、ガストンが興奮気味に話してくれるが、やはりガラクタだ。

魔力なんていうこの世界の人間全員が持っているものの介在がなくなったからといって、別になんのメリットもない。

魔導具は誰でも使えるからこその魔導具なのだから。

「それ、普通の魔導具とどう違うのよ」

「パーティー全員が魔力切れを起こした状況でも火を熾せます！」

「どういう状況よそれ……。すごく強い火魔法が起こせるならともかく、小っちゃい火なんでしょ？

せめて、フレイムランスくらいの威力があるならともかく」

「いえ……ほんの、これくらいの火がシュボッと起きる感じの……」

「まるでライターじゃない。ガラクタね」

ある程度の魔法の才能があれば、神との契約がなくても、ほんの小さな火を熾すくらいはできる。

例えば、探索者には喫煙者が多いが、みんなたいていは指先から火を出している。

私は歯にヤニが付くのがいやでタバコはやらないが、とにかく小さな火なんてのはあり触れたものので、高いお金を出して落札しようとする者がそんなにいたというのが解せない。


メイザーズの街は、かなり古い迷宮都市で、迷宮が生えてきたのは実に建国前。

かれこれ1000年の歴史があるというのだから驚きだ。

それゆえに、利権関係はものすごく入り組んでいて、魔石の買取もメリージェンよりも安かったり、寺院の蘇生料も謎の上乗せ金があったりして、私が元いた世界を彷彿とさせる。

ただまあ、歴史が長いってことはそれだけ深いところにまで入り込んでいるってことなのか、領主や国王なんかも、その利権関係にはおいそれとは手が出せないらしい。

そんなメイザーズの街だが、王国中から探索者志望が集まる街なだけあって、活気はものすごい。

私が元々いた世界――つまり日本も、人間は多かったが、しかし活気という点ではそれほどなかったように思う。生きる力というか、バイタリティというか……そういうものを肌で感じることは、ほとんどなかった。東京なんて人はめちゃくちゃ多かったけど、人のエネルギーは感じなかったものな。

私はこっちに来て、人間のエネルギーというものを感じたよ。

……ただみんな声がデカいだけという説もあるが。

「今日は混んでますね。この時間はいつも空いているんですが……」

迷宮に入る前に管理局がやっているギルドに寄る。

管理局は迷宮内での情報を集めており、その情報は迅速に掲示板に張り出される。

例えば、行方(ゆくえ)不明者の報奨金情報とか、イレギュラーモンスターの発生情報とか、最高到達階層更新の情報とか。

死体の回収依頼なんかも張り出されることがある。10階層前後で全滅……いや、全滅でなくても死体をその場に置いて脱出する例は多い。

そういった死体の回収はかなりお金になるし、それほど危険もない。美味しい仕事だ。

掲示板を確認しても、目新しい情報はほとんどなかった。

唯一あるとすれば――

「なになに？　メルクォディア迷宮の入口が大岩で閉ざされ閉鎖……？　なにこれ？　メルクォディアなんて迷宮あったたっけ？」

ずいぶん読みにくい名前だ。

こっちの世界では地名の「メ」は土地とか大地とかいう意味だから、正確にはメ・ルクォディア。メイザーズも、メ・イザーズだし、メリージェンもメ・リージェンなのよね。

土地の名前をそのまんまダンジョンの名前にしてるけど、もっと中二的な名前を付けたほうが覚えやすいし楽しいのに。

破滅の迷宮とか、大いなる神の試練の迷宮とか……。

いや、大袈裟すぎるか。

「リーナちゃんから聞いてきました。今日は新規訓練生の試験日だそうです」

悪顔のフリンが美人受付嬢のリーナから情報をゲットしてきた。

こういう行動力はめっちゃあるんだよな、こいつ。

訓練所は迷宮に入る前に「有料」で簡単なレクチャーとレベル上げをしてもらえる制度のことだ。

迷宮管理局は儲かっているくせに、ここぞというところでケチ臭く、まあまあなお金を取る。感覚的には30万円くらい取る。自動車の運転免許取得でかかる金額のことを考えれば妥当なのか？という気もするが、こっちの世界の探索者志望者なんて、たばこ銭にも事欠く毎日を送ってるやつばっかなので、30万を払えるほうが少数なのである。

そうでなくても、この街で暮らすのは金がかかる。迷宮探索をやるなら装備だって必要。

それで、素人のまんま知識ゼロで迷宮に入って死んで終わる。当然蘇生料金の持ち合わせはない。

あるいは、悪意の悪(ワル)が勝手に生き返らせて、一生借金漬けかのどちらかのルートが多い。

「訓練生といえば、ハンスはこれ受けたんだっけね？　内容はどうなの？」

「魔法使いと斥候志望は借金してでも受けたほうが良いですね。戦士や僧侶は低レベルでもパーティーに入れますが、魔法使いはそこまで需要がないので……。斥候も獣人には相当劣りますし、探索のイロハを知っているだけで、パーティーの生存率は大幅に上昇しますから。あとは、卒業後に訓練生同士でパーティーを組めるのも利点です」

「ふぅん。けっこーちゃんとしてるのね」

毎週、探索者志望者がダース単位で現れ、挫折を知って迷宮から去る。

中級探索者として残れるものは全体の2割だか3割、上級に至れるのは数%なのだとか。

そう考えると、訓練所はなかなか良い制度ではあるのだろう。高いけど。


ぞろぞろと移動していく探索者志望者たちを見送る。

なるほど、高いお金を出せるだけあって、みんなちょっと身なりが良い気がする。

「そうそう。訓練所ですが、一つだけすごいサービスがあるんですよ。アイネ様知ってました?」

「いや、知らない。そもそも全然興味なかったし」

「なんと、一度死ぬ体験ができるんです! 蘇生付きってことですよ。すごくないですか? あのがめついルクヌヴィス寺院がよくOKしたなって」

それは嬉々として言うようなことなのか?

私、死ぬのが怖くて未だに一度も死んだことないんですけど。

まあでも、確かに死んだことがあるというのは大きいのかもしれない。

私が安全マージンをとった探索しかしないのも、この「死にたくない。死ぬのが怖い」という意識に起因するものなのは間違いないからだ。

私がなんだかんだでトップ探索者をやれているのは、あくまでめちゃくちゃ強烈にすごい才能があるからだ。普通はそんな余裕こいた探索はできない。

私はソロでいきなり3階層まで潜って無双したが、そんなのはまさに前代未聞なのだそうだ。戦士の加護があり、魔法の才能が2種類あるというのはそれだけのこと。ちなみに、私は元弓道部で弓も少しだけ使えるので、近距離中距離遠距離とすべてのレンジで戦える。

現在は、魔法のバッグも下層の宝箱で入手したし（ちょっとしか入らないけど、嵩張る武器防具が入るだけで助かる）、たぶん10階層のボスくらいならソロで勝てる。

慢心ではなく、余裕で。

「とはいえ、何人残るか……ですね。私も同期は数名しか残っていませんから」

ガストンが迷宮前で引率から注意点を聞いている訓練生たちを見ながら言う。

探索者は一般に「初級」「中級」「上級」と分けられるが、そのほとんどが中級に上がれずに終わる。で、その引退探索者とかも、田舎に引っ込む者ばかりではない。そのままメイザーズに残る者もいる。そういう人たちが、店を始めたりヤクザ者になったりして、どんどん街が膨れ上がって、今の大迷宮都市メイザーズが形作られたのだ。

「ま、いいわ。私たちも行きましょう。今日も13階層に行くわよ」

「お供いたします！　アイネ様！」

私のパーティーメンバーはレベルが10を少し超えたライン。

1階層あたりレベル1。13階層ならレベル13は最低限欲しいというのが、迷宮管理局が出している指針である。

なので13階層は彼らの適正レベルより、わずかに上の階層ではある。

だが、私はレベル20だ。

大盾で敵の動きを止めてくれるフリン。

遊撃手として動き回るガストン。

補助魔法を使えるハンスがサポート。

私が魔法と近接攻撃で魔物を撃破する。

殲滅力も他のパーティーと比べても遜色がないものだろう。

このやり方だとどうしても私のレベルが一番上がりやすくなるのだが、私が強いことが最も探索の安全度を上げるわけだから、役割としてもこれが正解なのだ。

「じゃあ、今日もじゃんじゃん狩っていきましょうね～」

13階層に出てくる魔物は、カッパーゴーレムとアイアンゴーレム。

他の探索者からは嫌われている魔物だが、こいつらは雷の魔法が弱点なので私ならめちゃ楽に狩れるのだ。あと動きも遅い。なにより生感がないのでキモくない。

ついでに言うと、大型の魔物なので、魔石もけっこう高く売れる。

転移碑を使って10階層に移動したあと、13階層まで徒歩で移動する。

この移動も地味に面倒なので、13階層をメインに活動する探索者はたぶん私たちだけだろう。

10階層以降は上級の領域と言われているので、そもそも探索者自体も少ない。

13階層まで到着して、安全第一でゴーレムをサクサク狩って、小腹が減ったら携帯食料をむさぼる。

私の魔法のバッグは武器や割れやすいポーションなんかで一杯なので、どうしても食料は固いパンとか、干し肉とかになる。

ハッキリ言えば不味い。

だが食べないで動くのも良くない。カロリーは大事だ。

でも、まずい携行食を食べながら思うのだ。

「ああ……切実にチョコレートが食べたい……」と。

◇◆◆◆◇

「おお～。ここがメイザーズ迷宮街か！　メリージェンよりさらにゴミゴミしてるね！」

「こっちのほうが古い街だからね。マホも注意してね。誘拐とかあるらしいから」

「ずいぶん子ども扱いするじゃん」

「子どもでしょ」

不思議とこっちの世界の人のほうが発育はいいんだよな。生物としての違いというやつなのか、フィオナは可愛らしいけど、どうも彼女は童顔なほうなのだとのこと。

あとは、見た目の問題とはまったく別の指針として、魔力の姿が幼いというのがあるらしい。そりゃ私の魔力は生まれたての0歳ですから、まっさら透明な姿でしょうとも。

「さーて、さてさて。勇者ちゃんはどこかな」

「この時間は潜ってるんじゃないの？　まだお昼時だし」

「じゃあ、私たちもなんか食べよっか。この街の名物はなにかな」

私たちは街はずれから歩いて街中を散策した。

古い城壁みたいなものが街を何重にも囲っていて、その中心にダンジョンがあるらしい。

「けっこう厳つい壁だね」

「昔は戦争があって、有力な迷宮は真っ先に狙(ねら)われたらしいよ?」

「迷宮なんて奪ってどうすんの?」

「魔石は大魔法の触媒になるからね。うちの王国でも魔石集めてるのは、そのためだし」

魔導具のエネルギー源としても使えるみたいだし、つまり油田か。

そりゃ狙われるな。

外周部はいかにも治安が悪そうだったが、実際に襲われることはなかった。

まあ襲われたとしても、フィオナはレベル16の猛者である。そのへんのチンピラなんて物の数ではない……らしいが。見た目が可憐すぎて「ホントかよ」という感じではある。魔物を倒す姿も何度も見てはいるが、それでも。

ちなみに護衛として買ったはずのジガ君は、今回は置いてきている。というのも、急ピッチで10階層までの地図と魔物案内図を作るために、パーティーで潜ってもらっているからだ。

知らない迷宮でも10階層までならば問題ないとのことだったので信じた。フィオナによると、スライムみたいな魔法しか通じない魔物は少なくとも11階層まで出ないということだったので、脳筋パーティーでも問題はあるまい。

いくつかの城壁を越えて、だんだん商店が増えてくる。

建物も石造りの立派なものが多く、なんというか、密度がすごい。

道の狭さは古い町特有のものだろうか。こりゃスリに気を付けないとな。

「マホはバッグだけは死守してよ？　死んでも最悪生き返れるけど、バッグは戻らないから」

「おっと、フィオナ。さすがにバッグよりは私の命のほうを大事にしておくれよ」

「ここの寺院はかなりの高僧がいるはずだから、大丈夫よ？」

全然だいじょばないです。失敗したら灰になるとか言ってなかった？

どうもこの世界の人たちの……死生観っていうの？　生き返れるという事実があるからか、死というものを軽く捉えている節があるんだよな。死んだら終わりだよ。だからこそ生が輝くんだ！

……いや、やっぱり私だって死んだら生き返らせてほしいけどさ。私ってば訳アリだから、こっちの世界の人と同じようにいくかどうかはわからないけど。

くそぅ。割り切れるようで割り切れない。私にとっては死も大事な人生の一部であるはずなのに、金と死体さえあれば寿命までは蘇生に失敗しない限りは生き続けられると言われれば、どうしたってそれに甘んじたくなるものだ。

「なーんで、そんな難しい顔するかな。死んだら寺院で蘇生。当たり前じゃない」

「私がいた世界はそうじゃなかったので……」

あっけらかんと言うフィオナ。

まあ、郷に入っては郷に従えとか言うしな……。

「あー、このあたり食べ物屋がたくさんあるね。なんか珍しいものあるかな」

「おっほほ。いい匂いだね。メリージェンも良かったけど、ここもなかなか。古い街はこのゴミゴミした利権の絡み合いの気配が良いよね……」

「マホの言っていることよくわからないけど、とにかくなんか食べようよ。屋台でもいいし、お店に入ってもいいし」

ブラブラと見て回ると、内陸部だからか屋台で売っているものは、肉と野菜の割合がかなり高かった。

川魚を焼く店もあったが、どうしても肉の割合が高い。肉は生きているものをその場で絞めて料理にすればいいので、鮮度を保ちやすいからだろう。

その点、魚は生きた状態を維持することができないので、最低限、冷蔵の技術が必要。

そうでなければ、魚は死んだらすぐ劣化し始める。冷蔵の魔導具はあるらしいが、それをやる場合、魚料理の値段はかなり高くなる。貴族が使うような店では、そういう魚を出すところもあるらしいが……。

「ん？　むむむむむ⁉　あれは天ぷらじゃないか⁉」

しばらく歩くと、油で何かを揚げている店を発見した。

近くで見ると、山菜に衣を付けて油で揚げている――つまり、山菜の天ぷらを出す店である。

味付けは岩塩。

これは期待ができる。

「ふむふむ。メイザーズ名物『てんぷら』ね」

「え？　マホ読めるの？　なんか変な文字だけど」

「まあね。これで勇者が私と同郷出身である可能性がまた一つ高まったわ」

屋台に書かれた「てんぷら」の文字は、懐かしき日本語だった。

しかも、けっこう上手だ。この世界に日本語があるんじゃない限り、日本人──転生者か転移者かはわからないが、その彼女が書いた可能性が高い。

「ねえねえ、おじさん。この料理って勇者ちゃんから教わったものでしょ」

「ああ、そうだぜ！　そこにも書いてるが、勇者が故郷の味だってんで、おいらに教えてくれたのさ。それまではただの揚げもん屋だったんだけどな。おひとつどうだい？」

「じゃあ、ふたつ」

山菜のてんぷらは、苦味が利いていて美味しかった。

コシアブラに似た山菜で、サクサクだ。でも油はちょっと酸化しているかな？　まあ、油はこの世界じゃけっこう高いらしいし仕方がないか。衣も天ぷらというよりフリッターという感じになっちゃってるけど、そこはご愛敬か。

「これで勇者が元日本人なのは確定したね。あとは見つけて勧誘するだけか。あ、フィオナどう？美味しい？　ちょっち違うけど、これって私の故郷の料理なんだよ」

「なんか苦くてアツアツで美味ひい」

「気に入ったなら私も作ってあげるからね。なにせ材料はあるから。ホームセンターの中だったら、

てん

店みたいなクオリティのが作れるよ」

冷蔵庫がない場所だと少し難しい。衣は冷やしておきたいからな。

それにしても、この街で天ぷらが受け入れられているってんなら、メルクォディアでも屋台を立ち上げてもいいかもしれない。なにせ油は売るほどあるし、小麦粉もある。卵もまあ手に入るだろう。

なにより油を大量に使えるというのは強い。


その後も、屋台と店を見て回った。

なるほど天ぷらというか、フリッター屋はそこそこあり、勇者はこの街では受け入れられているようだ。もっと探せば、さらに知識チートの形跡をいろいろ発見できるかもしれない。

「ふ〜む。迷宮街ってのは突き詰めていくと同じようなものに収束するのか、これといって目新しさはなかったね」

「そう？　こんなもんじゃない？　むしろ、どういうものを想像していたの」

「いろいろ」

想像を超えたサムシングがあると思うじゃん？　ファンタジーだもん。

しかし、実際には飯、宿、酒、武器、防具、道具、寺院といった具合である。ロールプレイングゲームとあんまり変わらない。

あとはあるのは、娼館とか賭場みたいな18禁な場所だ。普通の服屋なんかも当然あるけど、それらも目新しいものではない。古くからある街だけど、だからこそ閉鎖的なのかも。

腹ごしらえが終わって、私とフィオナはギルドへ向かった。

迷宮管理局が運営するその施設ならば、勇者の情報も得やすいだろう。個人情報が厳しい世界ならいざ知らず、この世界はそこのとこはザルだ。

「ふぅ～ん。こういう感じか。意外と閑散としているね」

「魔石の買取所は迷宮のすぐそばにあるからね。こっちに来る人は少ないと思うよ？」

「じゃあ、勇者ちゃんはここには来ないかな」

「たぶん？」

建物の中には、何人かの探索者らしき人たちが掲示板を眺めていた。

私たちも真似して掲示板を見てみたが――

「……ん？　おおお！『メルクォディア迷宮の入口が大岩で閉ざされ閉鎖』だって！」

「えええ？　なんで、メイザーズにまで知られてるの？」

「なるほどなるほど。これは予想外だね。この世界の通信網ナメてたな」

メルクォディアから見て、メイザーズはメリージェンよりさらに遠方にある。

その上、うちの迷宮は閑散としていて周囲に住んでいる人間も少なく、閉鎖しているということを知るのは、本当に少数……それこそ全部で100人もいないというような状況のはずなのだが。

「おそらく、商人の情報網からだろうね」

「マホ……。これってマズい？」

「へ？　いやいやいや！　めっちゃ良いことだよ！　私たちが頑張って宣伝しなくても『良い情報』も外へと流れていくってことなんだから。オープンしたら、アレコレ考えてる施策もどんどんメイザーズやメリージェンに流れるってことだからね」

迷宮管理局が意図的に情報を絞る可能性もあるっちゃあるけど、人の口に戸は立てられない。

うちにはまだポチタマカイザーという隠し球のダンジョンマスコットたちもいるのだ。

絶対に話題になるはずだ。

ギルドでの情報収集を終えた私たちは、メイザーズの迷宮へと向かった。

勇者さんは確かに今日迷宮に入っているとのこと。

出てくる時間はわからないが、いつも夕方には切り上げているという。

いやぁ、個人情報保護法のない世界万歳だね。私も情報をバラまかれないように気を付けないと。

迷宮の入口は街の中心にある。

さすがに古い都市というべきか、迷宮の周囲にぐるっと大きめの屋台が軒を連ねている。

屋台といっても、バラックというか。人こそ住んでいないだろうが、そのほとんどが飲み屋だ。

ダンジョンから生還できたら、その場で換金、そのお金ですぐ飲んじゃう！　という動線ができている。真似したいようなしたくないような……。

魔石の買取所はダンジョンから出て徒歩1分の位置にあった。

大金を扱う場所らしく、石造りのめちゃくちゃに堅牢そうな建物。警備員というか騎士が入口に立ち、中にはカウンターが6カ所もあり、それぞれに美人の係員がいるようだった。

「こういう部分は敵わないなぁ。うちがこれを作れるようになるのは、もう少し先になるかもね」

「マホにしては珍しい。いつも強気なのに」

「これだけの建築物はホームセンターの資材じゃ無理だし、お金も時間もかかるし……。なにより、仕事のできる美人を集めるのは容易じゃないからね。高い給料も必要だろうし、環境だって良くなきゃ人は来てくれないから」

ただ稼げるだけではダメなのだ。

薄給の東京勤務と、高給の地方勤務。若者の9割は東京勤務を選ぶってなんかで見たもんな。

メルクォディアは地方だし発展もしてない。これから「熱い」のは間違いないが、そのことに価値を感じる者ばかりではない。冒険野郎との相性は良いだろうから、ダンジョン事業そのものの成功は疑っていないが、美人受付嬢が手に入るのはけっこう後になるんじゃなかろうか。

誰だって同じ給料で大都会であるメリージェンやメイザーズの受付嬢をやれるなら、そっちを選ぶわけだから。

まあ、あとは地元の美人を発掘してくるかだね。1から教育すればワンチャンあるだろうか。

迷宮から出てきた探索者たちが魔石を売るために続々と買取所へ入っていく。

「さすが大迷宮の名に恥じないってことか。ちょっと見ただけだけど100人くらいいるんじゃない？」

「魔石を売るのはパーティーリーダーがやることも多いから、ここに来てる人だけじゃないよ。メイザーズ全体で登録探索者がどれくらいいるか知らないけど、2000人くらいはいるんじゃない？」

「そんなに？」

「実際に活動してる探索者はその半分くらいだろうけど」

とすると現役探索者を1000名も確保できれば、ここと同程度にまでいけるってわけか。

この世界の人口がどんなもんだか知らないが、1000名くらいなら知れているような気がする。だって、大きめの学校の全校生徒くらいの人数よ？　楽勝とまでは言わないけど、難しいというほどでもないような。

「さ〜て、あとは勇者ちゃんが出てくるのを待つばかり……ん？」

迷宮前を張っていたら、大人数パーティーが出てきた。

全部で20人くらい。ジガ君のパーティーが2パーティーで編成していて、その人数が12人だと考えると、3パーティー超だ。かなり多い。

でも、それぞれヘトヘトの死にかけみたいな……。いや、担がれてる何人かはすでに死んでいるように見える。よほど無理な階層に潜っていたのだろうか？

「お前らも迷宮4階層の恐ろしさが嫌というほどわかっただろう！　メイザーズ大迷宮は3階層までは初心者帯、4階層からは中級者帯に入るが、たった1階層でもそこには歴然とした差がある。

ガーゴイルはお前らの腰の入っていない剣を弾き、ぬるい火魔法など、やすやす突破してくる。お前らはまだまだヒヨッコだ！　位階が5になるまでは3階層で力を付けるように！　以上だ！」

大柄な男性が、パーティーメンバー？　に大声で話している。

なんか引率の先生みたいだ。

「あれ、きっと訓練所の試験だよ。私が前に組んでた子があれの出身でね、けっこう高額の料金を取られるけど、迷宮のこと教えてくれて、位階も3くらいまで上げてもらえるんだって。で、最後に試験で4階層に潜らされるんだけど、普通に死にそうな目に遭ったって言ってた」

「ほうほう。4階層からそんな難しいの？　ここって。こんな人気なのに」

「ここって無機物系の魔物……ゴーレムとかガーゴイルとかが出るのよ。で、4階層はレッサーガーゴイルってのが出るんだけど、慣れてないと倒すの難しいんだってさ」

「ガーゴイルって、石像が動くやつだっけ？」

「石でできてるみたいに硬いらしいけど、石像ではないんじゃない？　動くんだし」

ガーゴイルが石像かそうでないかは諸説ありそうだが、しかし、4階層で硬い魔物が出るとなると、メルクォディアが特別難しいダンジョンというわけではないような気がしてくる。

なぜなら、メルクォディアには硬い魔物が出ないからだ。攻撃自体は通る奴が多い。

というか、1階層と2階層が嫌らしいだけで、3階層以降はむしろ楽なほうなんじゃ……。帰ったらジガ君の意見も聞いてみたいね。

「じゃあ、みんな強そうだけどヒヨッコってわけだね。ああいう子たちがうちに来てくれればなぁ」

「勧誘してみれば？」

「う、う〜ん。ちょっと自信はないかな。高額な訓練所に通うってことは、ちゃんと将来のこと考えて行動してるようなタイプなんじゃん？　『これから流行る予定の迷宮に来てほしい』なんて詐欺師みたいじゃん」

「マホ、考えすぎ」

いや、勧誘自体はいいけどね。

せめてチラシでも作ってからにしたいところ。口八丁だけってのは、さすがに材料がない。私は準備万端で臨みたいタイプなんだよ。

「それにしても他所の迷宮にも訓練所なんてあるんだね。うちでもやろうと思ってたけどさ」

「やろうと思ってたの？」

「あれ？　言ってなかったっけ。迷宮のこと知らない若者がいきなり突撃したら危ないから、最低限のことは教えてからにしたいじゃない」

「お金とるの？　ここの訓練所って半年分の生活費くらいの額を取るらしいけど」

「はぁ？　そんなに取るの？　うちでは当然無料ですよ」

「だと思った。マホって無料でやるの好きだよね」

「ホームセンターの無限資材があるからできるだけだけどね」

そんな話をしながら、私とフィオナはダンジョンから出てくる探索者たちを監視し続けていた。

勇者ちゃんの容姿は知らない。

わかっていることは、若い女性だということ、イケメンばかりのパーティーで唯一斥候だけが猫獣人の女性だということ。名前はアイネだということ。

ハッキリ言って、女性の探索者は多い。

だから、もしかすると全然気付かない可能性もあると思っていたのだが、その人がダンジョンから出てきたとき、すぐにピンと来た。


「あ～、疲れた疲れた。疲れてないけど疲れた。魔物が弱すぎて疲れる～」

「アイネ様、大声でそのような……」

「うるっさいわよ、ハンス。さっさと魔石提出してきちゃって」

「はいィ……」

つやつやの黒髪に、意思の強さを感じさせる切れ長な目。

要所だけを守るブルーの鎧（よろい）に、無骨な両手剣。

そして、彼女の半歩後ろを歩くちょっと軽薄そうな印象のイケメンたち。

「こ、こいつだ！　思ってたより若い！」

「は？　なにあんた、メイザーズの至宝とも言われるこのアイネ様に向かってこいつ呼ばわりとは――」

言いかけたまま、口をあんぐりと開けて固まる勇者ちゃん。

なんか思ってたより自己肯定感高めだな。

「……に」

「に？」

「……にほんじん……？　だよね？」

まさに目が点になるというやつだ。

今日は転移時に着ていた服を着ているから、なおさら日本人感は強いと思う。

「その中学生が休日に着てる感じの、絶妙な私服の垢ぬけなさ！　絶対にどう考えたって日本人じゃん！　えええええええええええ？　なんで？　どうしてここにニッポンジンが⁉」

こ、こいつ！　なんて失礼な奴なんだ。

同年代に見えるけど、転移者じゃなくて転生者なのはこれで確定したな。なぜなら同年代なら、私の服にそういう感想は持たないからだ。……多分。私はけっこうオシャレなほうだよ！

それにしても、転生者か。

精神年齢40とか50歳以上で、若いイケメンを侍らせていると考えると、まあまあキツイな……。

「ふぅ～、なんか甘いものが食べたくなっちゃったなぁ。なんか持ってたかなぁ？　ガサゴソガサゴソ」

「ちょ、質問に答えなさいよ。日本人なんでしょ？　なによ、ガサゴソって。普通、口に出して言う？」

「じゃじゃ～ン。チ・ヨ・コ・レ・イ・トォ！」

「は？」

ババ～ンと効果音を自分で出しながら、お徳用一口チョコレートをバッグから取り出す。

勇者ことアイネちゃんは完全に固まってしまった。

「欲しい？　欲しいよねぇ？　いつからこの世界にいるのか知らないけど、こいつの魔法は一度かかったら最後、二度と解けはしない……！」

私がわざとらしくチョコレートを取り出して見せると、アイネちゃんはまた目が点になり動かなくなった。追い打ちをかけるように、一つ取り出して食べてみせる。

「ああっ！　た、食べた！」

「う～ん。甘くて香ばしくて少し苦味があって、口の中でとろけるぅ～」

「あ、あああああああ…………！」

効いてる効いてる！　チョコ以外のものも用意しといたけど、効いてるよ！

「貴様なにものだ！　おい、アイネ様を守るぞ！」

「おお！　アイネ様は俺の女だ！　俺が守護らねばならん！」

「はぁ？　俺の女だが⁉」

「お前たち俺の女を取り合うな！」

アイネちゃんが固まっている間に、イケメンたちが前に出て彼女を守り始めた。

つーか、何股してんのこの子。

まあ、守るもなにも、私はチョコレートを食べているだけだけど。

「ふふふ。お兄さんたちにもあげましょう。毒かもしれないから、勇者ちゃんにはあげちゃダメだよ？」

ひとつずつ一口チョコレートを手渡す。

守ると言ってはいるが、私が警戒に値しない小娘だとは思っているようで、普通に受け取ってくれた。

「なんだこれは？」

「怪しげな……。黒い……肉かこれは？」

「血を固めたものかもしれん」

「うぁあああああ！　あんたたち、それをよこしなさい！　早く！　ほら！」

私がチョコを渡したのを見て、ほとんど力ずくでチョコを奪おうとするアイネちゃん。

「アイネ様には渡すな！　本当に毒かもしれん！」

「すっ、すごい力だ！」

「こんなに必死なアイネ様はサイコロ賭博で１００ゴルの負けを取り戻そうと、ピンゾロ一点買いした時以来だ！」

とんでもねぇ女だなアイネちゃん。

「さあさあお兄さんたち、勇者ちゃんに取られる前に食べちゃって。ほれほれ」

アイネちゃんの鬼気迫る表情に怖気づいたのか、お兄さんたちは次々にチョコを自分の口の中に放り込んだ。あまりの必死さに、ヤバい何かだと思ったらしい。

まあ、実際知らなければ謎の黒い物体だからね、チョコって……。

「あああああああああああああああ！」

絶叫するアイネちゃん。ダンジョンの周りにいる人たちもドン引きだ。

チョコを口に入れたイケメンたちも、最初は毒かなにかだと思っていたのか、顔を顰めていたが、次第にホワーンとした表情になった。

「あンまい～～」

「なにこれおいしぃ～」

「とろけるぅ～」

「あああぁ～～～！　わだじのヂョゴ～～！」

なんだこれは。

いや、私がやったんですけどね。ごめんなさい。私がやりました。

「……やっぱマホって意地悪なとこあるよね」

「おほほ。私をダサいと言った罰よ」

とはいえ、別に意地悪するつもりじゃなかったのだ。つい悪ノリで。

「ごめんね。あんまり反応が面白かったから。お詫びにこれあげる」

「く、くれるの？」

「いいとも、いいとも。袋ごとあげましょう」

なんだかんだ言っても、私から力で奪い取ろうとしないあたりは、元日本人の行儀の良さなのかもしれない。まあ、そういう人だったら仲間に入れるのはこっちからお断りしてたけど。

「お近付きのしるしというやつね。私、佐伯真秀（サエキマホ）。あなたは？」

「三枝藍音（サエグサアイネ）。食べていい？」

「どうぞどうぞ。今までの分食べてちょうだい」

抱くようにチョコレートの袋（お徳用パック）を持ったアイネちゃんは、一つチョコを取り出し、震える指で包装を解いた。

「あ、ああ……この香り……。本物のチョコレートだ……。夢じゃないよね……？　夢でもいい……」

目元に涙まで浮かべていて、なんだか私まで感極まってきた。

転生者ってことは、少なくとも見た目くらいの年齢――15歳とか16歳くらいまで現地人をやっているはず。

つまり16年ぶりの地球の甘味だ。

ついにそれを一つ口に運び、アイネちゃんはすべての神経を舌に集中するように目を閉じた。

ゆっくり。本当にゆっくりと、口の中でチョコを転がし、その味を、香りを楽しむ。

そして、目からスーッと涙が流れ出て――

「そ、そんなに？　私もチョコってすごく美味しいとは思ったけど……」

「フィオナ。チョコレートはね……特別なのよ」

「そうなんだ……」

私も、いきなりこの世界に連れてこられて16年ぶりにチョコ食べたら、アイネちゃんと同じような反応になる自信がある。餡子とか生クリームなんかは、似たようなものを作れるだろうけど、チョコだけは無理だからね。

アイネちゃんは無言で二つ目のチョコも口に入れ、また無言で味わっている。

迷宮探索明けということだし、疲れたところにチョコレートは余計に効くだろう。

結局アイネちゃんは、一口チョコを17個も食べた。

フィオナもさすがに唖然としているが、私としてはわかるという気持ちだ。

なにより、こうして日本のものに価値を感じてくれるというのは、良い傾向。私の誘いにも乗ってくれるだろう。

ま、そうでなくても貴重な「同郷の人間」なわけだしね。

「ふぅ……。ありがとね。こんな貴重なものを。あなた……マホちゃんだっけ？　異世界転移者なんでしょ？　チョコは転移した時に持ってたってこと？　いいの？　私なんかにあげちゃって」

「もちろん、ただってわけじゃないからね」

「あ、お金？　転移したてでお金がない感じなの？　いいよいいよ、お姉さんに任せなさい。これでもかなり稼いでるからね。あ、そっちの子は？　現地の子っぽいけど」

「挨拶が遅れました。フィオナ・ルクス・ダーマです。勇者さんのお噂はかねがね伺っていました。

こうしてお会いできて光栄です」

「私はアイネ。苗字（みょうじ）があるってことは、フィオナさんは貴族なの？　マホちゃん、いきなり貴族と

「偶然知り合ったのよ。フィオナと知り合ってなかったら私、詰んでたから」

「力がない女なんて、ろくなことにならないからね。運が良いわよ、あなた。……ところで、私の噂って？　ろくな噂じゃなさそうだけど」

「いいえ、メイザーズのトップ探索者としてとても御高名ですよ」

勇者ちゃんくらいの有名人ともなれば、良い噂も悪い噂もあって当然だろう。情報網の発達していない世界なら猶更で、どうしたって話に尾ひれがついて大げさになりやすいものだ。

……まあ、今のところほとんど噂通りではあるのだが。

「で、アイネちゃんに頼みたいのって、お金じゃないんだ。端的に言うと、私の仲間になって欲しい」

「仲間？　全然いいけど」

「ほんと？　活動する場所、メルクォディアになるけど」

「うぇ!?　メイザーズから離れるの!?　それは……どうかなぁ……。他のダンジョンって、キモいやつ出るじゃん。虫とか」

虫？　虫が苦手なのか。まあ、女子ってそういうものだったかもしれない。

私は特殊女子とか友達に言われてたからな……。主に父親のせいで。

「ふふふ……これを見ればアイネちゃんは断れないよ」

私は懐からおもむろにスマホを取り出した。

「あっ、スマホ！」

すごく珍しいものを見たかのように目を見開くアイネちゃん。

転生者ならこういう文明の利器は懐かしかろう。

「スマホはある時代から転生したの？」

私が転移した時代の16年前というと、スマホがあったのかどうか微妙なところだ。スマホの前はガラケーが主流だったはず。彼女からすれば私は少なくとも16年分は未来人かと思ったのだが……？

「スマホくらいあったわよ。あなたのほうこそ、何年くらいに転移したの？」

「私は――」

すり合わせてみたら、なんと私が転移した年と彼女が事故に巻き込まれた年は同じだった。

というか同日である。あの日はなにか異世界と縁ができる日だったのだろうか。

あと、アイネちゃんは24歳の時に事故にあって異世界転生したのだとか。

「どっちにしろ年上なんだよなぁ。アイネさんって呼んだほうがいい？」

「ちゃんでいいよ、ちゃんで。見た目同い年くらいじゃん。それより、スマホなんて出してどうするの？　電波だってないし――あ、カメラ？」

「ご名答。それでは御覧あれ。私といっしょにメルクォディアに来てくれたら、ここにある商品を好きなだけ提供いたしますわよ」

「え、え、え？　なになに――」

画面を覗き込んだアイネちゃんは、最初なにがなんだか理解できないようだった。

「んんん？　これってホームセンターでしょ？　ここにある商品って？　どういうこと？」

「これがこの世界にあるってこと。私たちしか行けない場所に」

「え。マジ？　あるの？　これが？　なんで？　あ、えー⁉　マジ？　は？」

短い疑問符をアホみたいに口に出すアイネちゃん。

まあ、意味わからんよな。

「も、もしかして、お、お、お、お、お米なんかも……？」

「あるある。モチつきだってできちゃうよ」

「マホちゃん……！　一生ついていきます！　神！」

ガバッと両手を掴んでくるアイネちゃん。

どんなもんじゃい。勇者の一本釣り完了だ！


「というわけで、私、この子とメルクォディアに行くけど。あんたたちはどうする？」

「え、ええ⁉　そんな！　家はどうするのですか⁉」

「売っちゃえばいいでしょ。私と来るかどうかだけ決めなさい。自分で言うのもなんだけど、実際……急な話だしね。あんたたちなら、私抜きでも十分ここでやっていけるでしょうし」

アイネちゃん、イケメンたちとドロドロの関係かと思いきや、思いのほかドライだ。

いや、他人の人生を尊重しているのかな、この場合。

「あ、ロビンは別よ。あなたは私と来なさい」

「わかってますニャァ」

斥候の猫獣人の子だけは、連れていくことが確定らしい。どういう関係なんだろ。まあ、詮索はしないけど。

男の子たちは集まって相談している。

意外というか、男の子同士で仲が良いのか。こういうハーレムとか逆ハーレムとかって、嫌なギスギスになりそうなものだが、案外アイネちゃんの統制が効いているってことなのかも。

さすがの年の功。精神年齢40歳の人心掌握術というやつだ。

「あ、私としては彼らもいっしょに来てもらいたいかな。アイネちゃんには迷宮探索をやってもらいたいから」

「そうなの？　元日本人のお友達として呼ばれたのかと思った」

「それも多少はあるけど、今、メルクォディアの迷宮の運営をやっててさ。新しく人を呼び込むのに広告塔が欲しいとこだったわけ。アイネちゃんのパーティーなら、宣伝効果抜群でしょ？」

「まぁね。自分で言うのも変だけど、メイザーズじゃ一番有名ですからね、わたくし」

男の子たちは、けっこうこの街が気に入ってるとか、両親が近くに住んでいるとかの理由で、かなり迷っていた。ま、返す返す、この街って異世界基準の「大都会」なのよ。ホームセンターの価値を知っているアイネちゃんと、この世界の現地人とでは、感覚が全然違って当然だ。

彼女に「北海道に引っ越すからいっしょに来て！」と言われて決断できる東京出身の彼氏（しかも東京でけっこう稼いでいる！）がどれだけいるか……みたいな話である。さすがに、東京━北海道間ほど離れてはいないが。

アイネちゃんは虫とかの魔物が出る階層をスルーしていいなら、という条件で探索者もやってくれるらしい。メイザーズでもゴーレムばっか倒しているのだとか。キモくないからという理由だけで。自分で勇者と名乗るわりには、なんというか女の子なんだな。

さすがに移動には準備が必要というので、一度別れて後で合流することにした。

アイネちゃんの家が近いというので、場所だけ教えてもらって、一度戻りまた明日来ると伝えた。

男の子たちも、一晩でどうするか決めてくれたらいい。

できればアイネちゃんには説得してもらいたいけど、まあ、実際まだ田舎なのは事実だからな。

酒場ですらこれから作るくらいなんだから。

「よーし、勇者ちゃんを仲間に引き入れられたのはマジでデカいよ。やったね、フィオナ！」

「う、うん。そうだね……」

おや……？　フィオナの様子が変だ。

さっきまで普通だったけど。

「なんか元気ない？　体調悪いの？」

「そういうわけじゃないけどさ……勇者さん、本当にマホと同郷の人だったんだなって」

「私以外の地球人なんて、半分は冗談のつもりだったんだけどねぇ」

勇者という単語に特別さを見出すのは、日本人の特徴という感じがする……という雑な推理だったわけだが、マジでビンゴだった時は、さすがの私も実は驚いた。

　でも、日本人同士というのはいろいろ説明もいらないし、メルクォディアの探索者をいい感じに先導していってくれそうな予感がある。

　ジガ君のパーティーである雷鳴の牙も来てくれるわけだし、これでメイザーズとメリージェン、両方の有名パーティーが引き込めたことになる。

　本当は、低レベルの初級者が何組か来てくれれば良かったのだが、有名人の移籍は最高の宣伝文句になりえる。新人なんて放っておいても勝手に来てくれるようになるはずだ。

「あの人もホームセンターに連れてくの？」

「そうだね。寝具とか自分で選びたいだろうし。あ、あの人は絶対口は割らないと思うから大丈夫よ？　この世界におけるホームセンターの価値は嫌ってほどわかってるだろうから」

「そうじゃなくて。あそこのこと、知ってる人、どんどん増えてくなぁって。……私とマホしか知らない場所だったのに……」

　ぷいっと横を向くフィオナ。

　あ～ら。私が同郷のアイネちゃんとキャッキャしてたからなのかしら。

　拗ねちゃって。可愛いなこいつ。

「フィオナァ。今日はひさしぶりにホームセンターに泊まろっか！」

「な、なに急に」

「嫌？」

「別に嫌じゃないけど。……泊まる」

あの場所には、ふたりで作った基地もあるからね。

ま、最近は働きづめでフィオナともあんま話せてなかったし、今夜は久々に二人でゆっくりしますか！

あくる日、セーレを伴ってアイネちゃんの家に訪問した。

メイザーズの一等地。さすが勇者の家だ。これを売るだけでも、それなりの金額になりそうである。

「あ、おはよう～。遅かったわね、もっと早く来てくれてよかったのに。精神年齢40歳だと、朝に強くなっちゃってね、日が昇ると同時に目が覚めちゃって――」

ちょっと自虐風味に年齢を弄りながら、アイネちゃんの視線は、私の横に立つセーレへと引き付けられていた。

「ちょ、ちょちょちょちょちょ、ちょいちょい、マホちゃん。こっち来！」

グイグイと腕を引っ張られて、家の奥のほうへ引き入れられる。

「ななな、なによ、あの超イケメンは!!　聞いてないんですけど！」

「あ、アイネちゃんにはちゃんとイケメンに見えてるんだ」

「イケメンの見本みたいなスーパー整いイケメンですやろがい！」

もはや口調すら怪しくなっているアイネちゃん。

彼女は転生者だから、他の現地人同様にセーレのことは黒い魔力のヤベェやつに見えてそうなもんだが、そうじゃないのだろうか。見た目で判断するタイプなのかな。

「それで、彼は誰⁉　フィオナさんのお兄さんとか？　お嫁さんに立候補していい？」

「あんな兄は嫌ですよ……。おっかない」

私の横にくっついてきていたフィオナが言う。

苦手を通りこして、おっかないのか。

いや、ジガ君たちもセーレにはめちゃくちゃビビってるもんな。すげえや魔神。

「彼はセーレ。私が魔法陣から呼び出したの。あれでも神様らしいよ」

「セーレ様……。素敵なお名前……。神……。まさにゴッド……」

しかし、アイネちゃんは完全に目がハートだ。マジもんのメンクイである。

ま、セーレと普通に話せる人いなかったし、ちょうどいいかもしれないな。私はセーレとの仲だって応援しちゃうよ。

「うお！　な、なななななんだこいつは⁉」

「魔物⁉　アイネ様！」

「逃げたほうがいいんじゃないか……？」

彼氏たちが奥の部屋から出てきて、セーレを見てビビり散らかしている。

通りすがりとかなら「ヤバそうな奴いる」でスルーできても、さすがに玄関口に立ってるのは看過できなかったらしい。

ごめんなさいね、それ、うちの連れなんですよ。

「結局、彼らはどうするか決めたの？」

「あーなんかまだ迷ってるみたい。いやね、優柔不断な男って」

「そうなんだ。どうするの？」

「うふ～。私はもはやセーレ様がいればいいかなぁ～。あ、彼フリー？」

「まあ、フリーだよ。私とは業務上の契約だからね」

「やったぜ！」

彼氏たち、ご愁傷様です。

神NTRだよ。


アイネちゃんは昨日のうちに支度を終わらせてあり、そのまま私たちと一緒に移動することになった。

いきなりセーレの腕にグイグイとひっつき、すごい積極アピールだが、セーレは涼しい顔だ。

というか、フリップで『なんですかこれは』とか言ってくる始末。

なので、命令で好きにさせるように言っておいた。

私は神使いの荒い女……。これも業務の範疇だよ……。

「アイネ様が変な男に寝取られた！」

「あんな魔物紛いの男のなにがいいんだ！　アイネ様は目が腐ってる！」

「それこっちにもダメージが来るからやめろ！」

すっかり元カレになり下がってしまったアイネボーイズたちだったが、アイネちゃんが悪い男にひっかかったのは看過できないとかで、結局いっしょに来ることになった。

なんだか知らないが、パッションで生きてるなこの人たち。

「ところでメルクォディアってどこにあるんだっけ？」

「南にずっと行ったとこだけど、移動は一瞬だから、そこは安心して」

「一瞬って？　テレポーテーションってこと？　そんな魔法あったっけ？」

「あるんだな、これが。じゃ、セーレお願いね」

そのままメルクォディア大迷宮の1階層へとひとっ飛び。

アイネちゃんのパーティーメンバーは腰を抜かしていたが、アイネちゃんは余計にセーレラブを強めていた。

さて、彼らが住む場所なんかも用意しなきゃだし、まだまだやることは一杯だ。

残り1週間くらいしかないし、ラストスパートしていきましょう！

それから今日まで、まさに目が回るような忙しさだった。

私だけでなくフィオナまでエナジードリンクのお世話になるほどだった。昼は昼にしかできないことがあるからそっちを優先し、夕方から深夜過ぎまでは迷宮改装。

魔物であるドッピーとセーレは24時間稼働が可能なので、まさに馬車馬のごとく働いてもらったが、さすがに奴らは人間じゃない——実際魔物なのだが——完徹しようと全くパフォーマンスが落ちなくて、とても頼りになった。

特に「私」として動ける上に寝なくていいドッピーは、本当に頼りになる。

アイネちゃんのパーティーの電撃移籍は、けっこうメイザーズ界隈を騒がせたらしい。

同様にジガ君のパーティー雷鳴の牙の移籍も、メリージェン界隈を騒がせた。

どちらもトップ探索者パーティーなのだから、当然。

私はこれを宣伝として使わせてもらった。といっても、口コミがメインだ。迷宮管理局は協力してくれないだろうし。

トップチームの移籍がどの程度の効果を生むかはよくわからない。

アイネちゃんは「私はぶっちゃけ適正よりずっと下の階層で活動してたから、あんまり影響ないかもよ。尊敬とかされてなかったし」とか言っていたし、ジガ君は「俺たちは獣人のパーティーです。人間の探索者には影響を与えられないでしょう」などと耳を伏せていたので、案外限定的な効果しかないかもだが、それでもいい。

10人でも20人でもこっちに来てくれれば初動としては十分だ。

とはいえ、エヴァンスさんによると領地への転入者が増えているのは確かだとか。

関所みたいな概念あるんだ……とも思ったが（セーレ使ってるから関所パスしちゃってたね）、そりゃあるわな。領地という概念があるんだから、人は資産のうち。そこまで自由にあっちこっちに移動できるってわけでもないのだ。

「ついにここまで来たって感じ。私、まさか本当にここまで変わるなんて思ってなかったんだ」

「ていうか、まだガワを最低限整えただけだよ？　変わっていくのはこれからだって！」

「でもさ、近くの村からみんな手伝いに来てくれて、いっしょに作業して……だんだん建物もきれいになっていってさ。なんだか、この場所が生き返ったみたいで。お父様も見られれば良かったんだけど」

「ちょちょちょ、その言い方じゃまるでパパさん死んだみたいじゃない？」

パパさんったら、本当に銀山だか金山だか探しに行っちゃって帰ってこないからね。

しかも、次期領主の兄と一緒になって……。

まあ、私みたいなポッと出の小娘が「なんとかします」なんて言ったのを真に受けるようじゃ、それはそれでどうだという話ではある。

ただ、ちょっと私を取り巻く状況……特にホームセンターがチートだったというだけで。

フィオナと迷宮の入口周辺を確認して回る。

「本当、すごく綺麗になったね。こないだまで廃屋って感じだったのに」

「子どもたちが塗ってくれたからね。もっと塗らせろってうるさいから、あの子たちはそのまま塗装工として育てていこう」

「あの子たち、探索者になるとか言ってなかった？」

地元の子どもたちは、大工さんとか地元の職人さんとかにくっついてやってきて暇そうにしていたので、ペンキ塗りをやらせてみた。

今は少しでも人手が欲しいところだったので、小学校高学年くらいの子どもなら十分仕事になる。私もそれくらいの時には、父親にいろいろやらされていたからね。

高いところは塗れないので、手が届く範囲だけだが、それだけでも十分助かった。さらに子どもがそれをやっているのを見て、暇な大人なんかも集まってきて、作業を手伝ってくれた。

子どもたちにも報酬を渡したことで、お母さん方まで集まってきて、近隣の人たち全員集まってるのでは？　というくらい、人が集まってきてしまった。

まあまあ収拾がつかない状態だが、草むしりとかでもなんでもやってくれればありがたいし、ここが新しく生まれ変わると口コミで広がっていく切っ掛けにもなるはずだ。

「でも本当にきれいになったよね。これならメイザーズとかメリージェンにも負けてないよ」

「職人さんたちの腕も良かったけど、なんといっても資材の力だよ、これは」

補修はホームセンターの本領発揮分野。資材を無限に提供したことで、地元の大工さんもめちゃくちゃ喜んで仕事をしてくれた。報酬は現物支給……なのだが、地味に酒の力が強い。

この街の人というか、この世界の人というか、酒を飲むために仕事してる人が多いのよ。

ま、「貨幣」ってのは結局は必要なものと交換するチケットでしかないわけだから、私がその「必要なもの」を持っている以上、お金を使う必要全然なかったんだな。

「最初は、現物支給ってどうかなって思ってたけど、私の思い過ごしっていうか、なんでもお金でやり取りするのって、現代日本人の感覚だったんだなぁ」

「当たり前じゃん。街に暮らしている人とか、探索者とかはお金でやりとりするけど、村では物々交換のほうが一般的なんじゃない？」

「村人同士で食べ物をやりくりするなら、そうなるよねぇ」

問題はないとはいえ、なんでも好きなだけ渡すのもまた経済を狂わせるので、目録を作って、一日ごとに一定量だけを渡すことにした。

小麦粉、米、じゃがいも、酒、塩、タバコ、お菓子、油、包丁、食器、カトラリー、おもちゃ、などなど。

若い職人さんなんか酒、奥さん方は小麦粉や油や米。子どもはたいていお菓子やおもちゃを欲しがった。

１００人以上集まっているから、転売とかする人も出てくるのだろうけど、それも望むところだ。いちおう、宝箱から出す予定のものと、報酬として出すものは区別してはいるが、まあ最終的にはこのダンジョンとダンジョン周辺は特異点的な場所になっていくだろう。

どうしたってホームセンターの資材は使うことになるし、必要以上に自重する意味がないからだ。

「もっと時間があればなぁ」

「マホが自分で期日を決めたんじゃない」

「まあ、そうなんだけどさ。まあ、これは『一日が48時間だったらいいな』みたいな話なので」

時間が足りなくてできないこともあった。

基本的に既存の建物を修繕して使っているのだが、店舗の数はまったく足りない。

宿屋が3軒、道具屋が1軒、酒場が2軒。

いきなりでもこの倍は欲しかったのだが、実店舗が存在しないのだからどうにもならない。

そりゃ数週間しかないのに、新しく上物(うわもの)を建てるのは無理でした。いや、やってはいるんだけどね。まだ建設中。

「そういえばアイネさんはどうしてたの？　昨日まで見なかったけど」

「ホームセンターで堕落の限りを尽くしていたよ……」

アイネちゃんは、メイザーズの自分の家とか、ギルドでのアレコレなんかを彼氏たちにやらせて、自分はホームセンターでだらだら過ごしていた。

ふかふかのベッドで寝たいだけ寝て、甘いものを食べたいだけ食べて、音楽を聴き、映画を鑑賞し、お風呂(ふろ)に入り、化粧水やら乳液を全身に塗りたくり、ウォシュレットに感動したりしていた。

ダンジョンは入口を大岩で閉ざしているから、最下層の転送碑をアクティベートしてあっても
セーレがいない限り外に出られないのだが、彼女的には全然問題にならないようで、今日までの丸1週間くらいアイネちゃんは引きこもっていたのだ。

ジガ君によると、最下層はかなり魔力が濃くて息苦しい階層ということだが、私同様に元地球人

であることの恩恵なのか、彼女もまた最下層での活動には特に支障がないらしい。

「とにかく、こっから先は出たとこ勝負ってね」

宿屋で働いてくれる人も雇ったし、道具屋は行商人を紹介してもらった。酒場もメリージェンの猫ちゃん酒場から人が来てくれることになった。


「おーい！　マホちゃん！　アレ、お披露目するんでしょ！」

アイネちゃんに呼ばれる。

彼女は昨日までは引きこもりだったが、今日は表に出したのだ（追い出したともいう）。

一週間ぶりにお日様の下に出た彼女は、なんか肌ツヤが良くなっていて笑った。

私とフィオナはダンジョン前の広場まで戻って、指示を出す。

広場には関係者が集まっている。噂を聞きつけて来た探索者もいる。騎士さんたちに、子どもたちに、野次馬にと、私の指示を待っている。

ポチ、タマ、カイザーも迷宮の外に出して、地元の人たちにお披露目した。

まあ、最初はビビられてたけど、子どもたちが積極的に絡みに行ったことで、安全な生き物だとすぐに認知してもらえた。やっぱり、意思疎通ができるというのも大きかったのだと思う。

まあ、実際かわいいしね。


いよいよ明日から、新たなるメルクォディア大迷宮が再稼働するのだ。

つまり準備期間最終日。みんなで打ち上げをしているのだ。

ホームセンターの食料を大盤振る舞いして、どんちゃん騒ぎで楽しんでもらっている。


「さあさ、みなさん！　宴もたけなわですが、こちらをご覧下さーい！」

ホームセンターの倉庫で眠っていた古(いにしえ)のカラオケ機をマイク代わりに使い、注目してもらう。

この世界は魔導具があるから、こういうのを使ってもわりとスルーしてもらえるのだ。

「いよいよ明日よりお待ちかねのメルクォディア大迷宮の再オープンとなりますが、再オープンに際しまして、迷宮の呼称を変更いたします！　ジガ君、よろしく！」

合図を送るとジガ君が看板を隠すための白いシーツを取り去った。

――そう。

メルクォディア大迷宮は、失敗したダンジョン。

悪いイメージが先行しているし、名前自体も長くて覚えにくい。

だから、これからは――


「ダーマ。大迷宮ダーマと名付けます！」

ここがスタート地点。

さあ、経営編も頑張っていきましょう！

間章　ある探索者の話1

俺の名前はジャッカル。

元々はメリージェンで探索者をやっていたが、とある情報を得てここダーマ領へと訪れていた。

「ここがメルクォディアの迷宮か……。本当に岩で塞がれていやがる」

メルクォディアの迷宮のことは、噂程度には知っていた。

曰く、新人潰しの迷宮。曰く、2層までで心が折れる迷宮。曰く、広すぎるのも考えもの……。

実際、俺の知り合いにも、メルクォディアで活動していたという者もいたが、だいたい評価は同じだった。

――わざわざあそこで潜る意味がない。

――魔石の買取は少し高いが、ろくな酒場すらない。

――街に面白味（おもしろみ）がない。

それで一度は集まった探索者たちも一人抜け二人抜け――今では物好きか、地元から離れられない奴だけしか潜っていない。そういう話だったはずだ。

迷宮は通常は迷宮管理局に運営を頼むものだが、欲を出して領主が自らやろうとした末路だと、探索者界隈ではたまに話題になった。

だから、別にメルクォディアに興味なんてなかった。

「だが、あんな話を聞いちゃあな……」

行商人をやっている知り合いと酒を飲んでいた時の話だ。

メリージェンでは探索者向けに商売をやっている奴が多いんだが、知り合いの行商――リックは、拠点を持たず、荷馬車一つであっちこっちに商品を売りまわっているような奴だった。

酒場で知り合って、地元がいっしょだってんで意気投合して、それからはたまに飲む仲だ。

その日も、馴染みの店で落ち合って近況なんかを話した。

俺は相も変わらず5層～8層に潜る中堅探索者で、特定のパーティーを持たず日銭を稼ぎ、使い切ったらまた潜る……そんな暮らしを送っていた。

だから、俺が話すことなんて、上級探索者パーティーの【雷鳴の牙】が呪いの罠に引っかかって、廃業寸前にまで陥り、解呪のための金を捻出するために、リーダーのジガ・ディンが奴隷に堕ちた――そんな話くらいだった。

ジガは、この街じゃあまあまあな有名人で、獣人オンリー、しかも、魔法使いや僧侶を含まない一党で下層へ挑んでいる変わり者でもあった。

まあ、獣人は肉体的ポテンシャルが高く、戦士の加護を受けているものも多いから、ゴリ押しでもけっこうなんとかなるのだろう。

俺がその話をすると、リックは声を潜めて言ったのだ。

「そのジガを買ったのが誰かは知っている？」

「はぁ。知るわけねぇだろ。競売にかけられたって噂は聞いたが」

「実はね――」

リックの話によると、ジガを買ったのはメルクォディアの領主だという。

しかし、それ自体は別に珍しいことではない。高位探索者ならば護衛にも使えるし、剣闘士にするという手もある。ジガは魔法こそ使えないが位階も高く、なによりまだ若い。剣闘士としても、かなり上位に行けるだろう。

貴族でなければ、興行主とか、あるいは豪商か。そんなところだろうとは思っていた。

だが、メルクォディアの領主というと、確かダーマ伯爵領だったか？

「あそこはなんか借金がどうのって前に言ってなかったか？　リック。お前から聞いた話だったよな？」

「そうだね。本来あの領にそんな金があるはずないんだ」

「だろ？　どういうことだ？　金鉱でも掘り当てたとか？」

「いや、そういう話は聞かないけど……いや、金鉱みたいなものかもしれない」

「なんだよ、ハッキリ言えって」

で、リックが声を潜めて口にした話は、にわかには信じられないようなものだった。

メルクォディアの迷宮から、考えられない品質の品々が出るようになったというのだ。

同時に、迷宮が領主の名のもとに閉鎖され、一定期間後に再開放される予定なのだとか。なんでも領主の娘が陣頭指揮を執り、迷宮街を再興するために動いているのだという。

「だけどよ。あそこは終わった迷宮なんだろ？　いくら宝箱からいいもんが出るったって、それくらいじゃどうにもならないんじゃねーか？　罠の解除ができるやつを連れてくるだけでも、まああ手間だぞ」

俺の質問に、リックは薄く笑い、鞄から何かを取り出した。

「なんだそりゃ。酒瓶……か？　ずいぶん整った形をしてるが」

普通はガラスの瓶はもっと形が歪なものだ。

リックが出したものは、それ自体が芸術品のように整っている。

色も深い琥珀色で、何らかの塗料をガラスに混ぜて作っているのだろうが、少なくともここいらでも見た記憶のない品だった。

「すごいだろう？　探索者の君でもこれの価値がわかるほどに」

「そりゃこんなもん見たことねぇからな。……ってこたぁ、これが出るのか？　迷宮から？」

宝箱はメリージェンでもどこでも、迷宮ならば時々、脈絡なく出現する。

通路にポツンと置いてあることもあるし、一番奥の部屋に恭しく鎮座していることもある。

毎日通っている道にいきなり湧き出ていることもあるのだ。だから、宝箱を見つけるのは完全に運頼りだと言われていた。

だが、上層で出るようなものはゴミみたいなものばかりだ。鉄の剣などの価値のある実用品が出るのは中層以降で、魔法の品となれば下層でなければ絶対に出現しない。

そうでなくても、宝箱は出現率自体が低く、俺も数回しか発見したことがない。

さらに宝箱には罠がかけられている。腕の良いシーフならば罠の解除も可能だが、だとしてもリスクだ。厳密には、リスクと報酬とが見合わないのである。ある程度腕の良いやつでも、100%絶対ということはありえない。万が一、転移の罠にでも引っかかったら助かる可能性は限りなくゼロに近い。

俺も、さすがに中層以降の宝箱は開けたが、罠の解除に失敗した時は本当に肝が冷えたもんだ。

だが、上層でこれが出るなら話は別だろう。多少のリスクを冒しても開ける価値がある。

「競売に出しゃあ、それなりの金になりそうだな」

「なるだろうね。……でも、問題は中身のほうなんだよ」

リックが瓶を振ってみせると、ちゃぽちゃぽと液体の音がした。

なるほど、瓶なのだから当然中身入りというわけだ。

「迷宮から出たもんを飲むってことなのか……？」

「大丈夫。僕も飲んだし、他にも何人も飲んでる。害はないよ」

「なるほどねぇ……で、その中身がなんだって？　もしかして、魔法薬かなにかだったのか？」

「いや、ただの酒」

「酒？」

俺はその時、リックの奴め何を大げさにしやがると高をくくっていた。

迷宮から出た酒となれば、そりゃあ珍品だ。好事家は買うかもしれない。

だが、それだけだ。酒なんて酒場に来れば売るほどあるんだ。

「ジャッカル。これは本当に貴重なものなんだ。きっと、君は気に入るだろうが……次に飲める機会があるかどうかはわからないよ」

「なんでぇ、ずいぶん勿体ぶりやがるな」

「僕だって飲むのは我慢してるんだから」

「じゃあ、お前の分まで楽しませてもらおうか」

リックがちょっと笑ってしまうほど慎重にグラスに注ぐと、それは瓶と同じ琥珀色の液体だった。

顔にグラスを近づけると、ツンと来るほどに強い芳香が鼻腔を突き刺す。

なるほど、リックが勿体ぶるだけはある。俺が知るどんな酒ともこれは違うと、その瞬間に理解した。

「すげぇな。匂いだけで酔えそうだ」

「ああ。味はもっと凄いぞ。最初はほんの少しだけ口に入れたらいい」

「どれどれ」

瞬間。香りが、味が、酒精が脳を突き抜けた。

酒？　これが酒なのか？

喉を通った液体が、そのまま腹へと落ちていくのがハッキリとわかる。

臓腑が燃えるように熱くなり、吐息までもが火を噴くかのような熱を帯びていた。

「あー、もったいない。そんな一気に」

「お、おおおおお！　ま、マジか。なんだこりゃあ」

「火を噴くような味だろう？　僕たちはこれを火酒と名付けた」

リックによると、こんな酒が毎日毎日、何本も宝箱から出たらしい。

しかも、驚くべきことにそのすべてに罠がかかっていなかったのだそうだ。

つまり、見つけたらノーリスクでこれが手に入る。

瓶の価値だけじゃない。

この酒が毎日手に入るかもしれない。

俺はよほど呆然とした顔をしていたのだろう。

その顔が満足のいくものだったのか、リックはにっこりと笑って、グラスに二杯目の酒を注いだ。

「……どうしてこれを俺に飲ませたんだ？　商人が気前良く飲ませるようなものとは思えねぇ」

「ジャッカル。メルクォディアに移らないか？」

リックの頼みは簡潔だった。

あの迷宮が変わったのは確かだが、その情報を信じて動く人間がどの程度いるのかはわからない。

だが、あの街が本当に変わるには、人の移動が不可欠。

中でも探索者の数は多ければ多いほど良い。

その先鋒として俺を誘ったということだった。

「ジャッカルは、いろんなパーティーに伝手があるだろう？　移る前に、なるべくたくさん誘って欲しいんだ。受けてくれるなら、未開封のこれを一本進呈するよ。できれば、自分では飲まずに、今日の僕みたいに勧誘に使ってほしいけどね」

「なるほどな……。確かに魅力的な話だが、どうして探索者を誘うんだ？　自分たちで独り占めするためか？」

「メルクォディアで店を持つことにしたんだ。僕もいつまでも行商なんてやってられないからね。そのためにも、あそこは発展してもらわなきゃ困る。今から動き出せば大商人になるのも夢じゃない」

リックの奴は、意外と将来のことを考えていやがった。

俺みたいなチャランポランと飲んでるから、一人で適当に稼いで適当に生きてければいいと考えているのかと思ってたぜ。

確かに、いつだって一番儲かるのは胴元だ。

迷宮だって、競売だって、賭場だってな。

こいつは、この情報を上手く使って、メルクォディアの胴元になろうってんだろう。

その夢に一枚噛むのも悪くない。


――そんなわけで俺はメルクォディアに来たというわけだ。

リックの頼みも聞いて、知り合いの探索者はだいたい全員誘った。

俺自身も、別の迷宮で探索者をやるには、仲間が欲しかった。もともと、固定のパーティーを組んでいなかったこともあり、少なくとも前衛が必要だったのだ。

……まあ、みんな「考えさせてくれ」で終わってしまったわけだが。

「ジャッカル⁉　ジャッカルじゃないか？　来てくれたのか！」

　後ろから声がして振り返ると、そこにいたのはバケツを持ち塗料で服を汚したリックだった。

　この街に骨を埋めるつもりだとは言っていたが、まさか迷宮前で会うとは思っていなかったな。

「ああ。来た。またあの酒が飲みたかったし、面白そうな話だったからな。ま、迷宮がコレじゃあ、次にあの酒が飲めるのはいつになるんだかって感じだが」

「はは、やっぱりアレにやられたか。君以外にもう何人か探索者が来てくれてるんだよ。最初としては上出来じゃないかな」

「なら俺もパーティーに潜り込めそうだな。それより、お前はこんなとこで何してるんだ？」

「実は、店を任してもらえることになったんだ！」

「店を⁉」

　リックからは自分の店を持つ大変さをこれまで何度も聞かされていたが、妙にウキウキと楽しげなのはそれが理由か。

「だけど、お前。任せてもらえるってことは、人の店だろう？　雇われじゃあ、今と大差ねぇんじゃねぇのか？」

「いや、それが雇われじゃないんだな。家賃さえ払ってくれればいいって、一等地を借りたんだ。ほら、すぐそこの建物だよ」

　指さした先は、本当に迷宮の目と鼻の先。一等地だ。

「おめぇ、こんな場所、メリージェンだったら目ン玉が飛び出るような金がなきゃ借りれねぇぞ」

「あはは。運が良かったんだよ」

運でこんな一等地を借りれるもんか？　とも思ったが、実際メリージェンと比べれば、ダンジョン前だというのに閑散としていて、いるのはなんらかの作業をしている人間ばかりだ。

建物自体が少なく、噂通り「終わった迷宮」だったのだろう。リックみたいな行商人がいきなり店を借りられるくらいなのだから。

だが、リックの目の輝きを見ればわかる。

終わった迷宮であると同時に、これから始まる迷宮でもあるのだろう。

「あー、リックさん。その人だれ？　見たところ探索者っぽいけど」

リックと話していると、ちびっこいガキが馴れ馴れしく話しかけてきた。

地元のガキだろうか。見たことがないような服を着ている。

「マホさん、こんにちは。こいつはメリージェンで中級探索者やってたジャッカル。けっこう腕がいい斥候だったんだよ。説得してメルクォディアに移籍してもらったんだ」

「おおー！　さすがリックさん。いい仕事してるね！」

「ずいぶん馴れ馴れしいガキだな。リックの知り合いなのか？」

「バッカ！　ジャッカル、アホ！　この！」

リックが突然怒りだして俺の腕を引っ張った。

そのまま、ガキから引き離すように移動させられる。

すげぇ力だ。いくら俺が斥候で戦士の加護がないたって、これでも位階は9もあるんだぞ。

「……ジャッカル。ここで仕事をしていくなら、あの人には逆らってはいけない。絶対に覚えておいて」

「なんでぇ、ただのガキじゃねぇのか？」

「絶対にガキなんて言っちゃダメだよ。彼女はマホさん。今、このメルクォディア迷宮を実質取り仕切ってるのは彼女だ」

「ああ、例の貴族の娘ってのか。それっぽくねぇから気づかなかったぜ」

「いや、違う。ダーマ伯爵の娘……フィオナさんとも会う機会あるだろうけど、マホさんは彼女が呼んだ専門家らしいんだよね。まだ知り合ってわずかだけど……すごいよ、彼女は」

まっすぐにキラキラした目であのマホとかいうガキの話をするリックは、完全に心酔しているように見えた。

商人は人の裏の裏を読めるようでなければ、儲けるのは難しい。リックも行商として、あっちこっち歩き回って、それなりに経験を積んだ男だ。

そのリックがここまであんなガキに心酔するとは。ちょっと意味がわからん。

「すまなかったな。マホちゃんだっけ？　俺はジャッカル。斥候だ。これからこの街で厄介になる。よろしくな」

「ジャッカルさんね。ガキ呼ばわりしたことは水に流しましょう。私はこう見えて、とてもおおらかなタイプだからね」

おおらかな奴はそう自称しないと思うが、まあいい。

どうやら彼女流の冗談のようだ。

「マホちゃんがこのあたりを仕切っていると聞いたが、迷宮もなのか？　いつ開く？」

「オープン日まではあと5日だよ。あ、探索者ならギルドで事前登録を済ませておいてね」

「事前登録？　ああ、ここは管理局が入ってないのか。じゃあ、これも使えねぇな」

「お、管理局の探索者証だね。中級じゃん。けっこう探索者歴長いの？」

「もう10年近ぇよ」

「ほうほう……。なるほどね」

ニヤリと笑うマホちゃん。

「じゃあ、ジャッカルさんには特別になにか頼み事するかもしれない。その時はよろしくね。ちゃんと報酬は出すから」

「特別な頼み事……？　まあ、報酬が出るならいいぞ」

どんな頼み事だか知らないが、なにせ、たいした準備もなく来ちまったからな。収入源は多めに持っておきたいところだ。

リックと別れてギルドへと向かう。
といっても、リックの店のすぐ横だ。

ギルドのすぐ横ともなれば、一等地も一等地。放っておいても一番儲かる場所だ。リックのやつめ、マホちゃんに心酔しているのはこういうわけか。いくら寂れた迷宮とはいえ、ただの行商人が、ここまでの場所を貸してもらえることなんて普通はないだろうからな。

ギルドの入口には、デカデカと『ダーマ探索者ギルド』と看板が掲げられている。

中に入ると、職員らしき人たちが仕事に追われているようだった。

「よう。お前さんも誘われて来た口かい？」

話しかけてきた男は、中肉中背のいかにも歴戦という感じの男で、キースと名乗った。

メリージェンでは見た記憶がないから、他の迷宮街から来たのだろう。

「そうだよ。俺はジャッカル。メリージェンから来た中級の斥候だ。あんたは見たところ戦士か？」

「ああ。メイザーズから来た。ジャッカルも、例のアレ、飲ませてもらって決めたんだろ？」

「ふはは、お前もか。酒好きばっかり集まりそうだな」

キースもリックに誘われて来たのだそうだ。

しかも、なんとこいつはちゃんとしたパーティーを組んでいたのに、自分ひとりで来たのだという。それだけ、あの火酒の味が忘れられなかったらしい。

「知っているか？　勇者のパーティーもここに移ったんだぜ」

「嘘だろ？　勇者っつったら、メイザーズのトップ探索者じゃねぇか」

「嘘じゃない。俺が来る時にはもう向こうじゃその噂でもちきりだったからな。さらに、メリージェンの……なんとかって獣人の一党も来ているって話だぜ」

「獣人の一党……？　雷鳴の牙か？」

「それだ。有名なんだろう？」

勇者パーティーに、雷鳴の牙だ？

いや、雷鳴の牙の頭目であるジガを買ったのがメルクォディアの領主……って話だったか？　ならば、ジガを追って来た……ということなのだろう。獣人同士の絆（きずな）は深いからな。

それにしても、いくら宝箱から良い品が出たからといって、慣れ親しんだ迷宮から移動するのは珍しい。それが、上級探索者となればなおさらだ。

中級と上級とでは稼げる桁（けた）が違う。

未知の迷宮に潜るのはリスクがあるし、上級探索者でも浅い階層で死ぬことがある。それが、未知であるということなのだ。

まして、勇者はリスクを取らないで適正よりずっと浅い階層に潜っているという話だったはず。

つまり、安全に稼げる手段を捨ててでも、ここに移るだけの理由がある……ということなのか？

「登録はこれからなんだろう？」

キースが言う。

「ああ。つっても名前と経歴くれぇだろう？　ちゃちゃっと済ませちまうから、この後、一杯どうだ？」

「いいぞ。たぶん、お前が思ってるよりはかかるだろうから、外で待ってる」

キースが「驚くぞ」と笑いながら出ていく。驚く？

俺は受付へと移動し、探索者登録をしたい旨を伝えた。

「ありがとうございます。ダーマ探索者ギルドへようこそ！　では、こちらへの記入をお願いいたします」

「記入？　名前くれぇなら書けるが」

「では名前以外はこちらで代筆いたします。あと、私の手を握ってください」

「はぁ？」

女がまっすぐ俺の目を見てそんなことを言う。

俺に惚れたのか？

なかなか器量の良い娘だし、俺もやぶさかではない。キースとの約束は反故にして、この子を誘ってみるか？

そんなことを考えながら言われた通りに手を握る。

「はい。ありがとうございます。問題ありませんので、手続きに移らせていただきますね」

「あ、ああ……」

若干浮かれかけた俺だったが、受付嬢の態度はこれといって変化がなく、本当になんらかの事務処理で手を握ったという感じだった。

あれで何かがわかるのか？　謎だ。

そのあと、必要なことを代筆してもらい、書類が完成した。

「では、こちらがダーマの探索者証になります。再発行もできますが、なくさないように注意してください」

「見たことがない素材だな」

　ずいぶんツルツルした板だ。

　そこに俺の名前と職業。あとは、よくわからない記号のようなものが書かれている。

「ダーマでは探索者はランクで分けられます。最初はＥランクから始まりますが、実績を積むことで昇格していきます。昇格するごとに特典がありますから、頑張ってください」

　ランク分け？　俺は初級中級上級だけで十分だと思うんだが。

　さらに、最下位ランクであるＥ級は２層までしか入ってはいけないらしい。その上、斥候はパーティーを組まなければ立ち入りすらできず、仲間が見つからない場合は、斡旋までしてもらえるのだという。

　至れり尽くせりで驚くね。ダンジョン探索なんざ、自己責任でやるもんだろうに。

「あとはこちらですね。ダーマ大迷宮のＥランク探索者の証です。利き腕（うで）とは逆の腕につけてください。このように」

　受付嬢が机の下から取り出したのは、黒い腕輪のようなものだった。

　彼女の腕にも似たようなものがある。

　手にとってみると、これもまた不思議な素材で作られていた。

　硬いのに柔らかい。なんらかの動物の革だろうか。

「これは腕時計といいます。ダーマ大迷宮の探索は８時から17時までの時間制ですので、探索中は常に現在時刻を見て行動するようにお願いします。また、この腕時計が迷宮への入場許可証の役割を果たしますので、絶対に紛失しないようお願いします。壊れた場合はこちらで新品へと取替えますのでご安心ください。水につけても多少は平気ですが、できれば避けたほうがいいでしょう。探索者ランクが上がれば完全防水の腕時計が支給されますので――」

「ちょちょちょ、待ってくれ。全然わからん」

腕時計？　時間制？　なにを言っているんだ？

そもそも時計なんて、魔導具でそれっぽいものを見たことがあるが、断じてこんな形ではなかった。

「大丈夫です。みなさんそうおっしゃいます。ちゃんと説明しますので」

俺は腕時計を着けてもらい、それの見方を教わった。

見慣れない文字で記されていたが、慣れれば問題なさそうだった。

時計の読み方は、ギルドの壁にもわかりやすい説明が張り出されているし、すぐ覚えられるだろう。

そんなことより、「営業時間」があることのほうが問題だ。迷宮にひとたび入れば日をまたぐことなんて、ざらにある。野営の準備をして潜ることのほうが多いくらいだ。

それを営業時間だと？

「17時を過ぎても戻ってこなかったらどうなるんだ？　迷宮奥深くまで入り込んでしまって、戻れない場合だってあるだろう？」

「故意の場合はペナルティがあります。悪質な場合は探索者証のはく奪もありえますので、絶対に時間は守ってください。そのための腕時計ですので」

「死んじまって戻れない場合だってあるだろう？」

「その場合は、こちらで死体を回収する予定です」

どうやら本気らしい。8時から17時までというと、9時間か。確かに集中力をもって探索するならそれくらいがいいところではあるのかもしれない。

だが、転送碑が5層ごとにしかないことを考えると、9時間では心もとないような気もするが……。

まあ、その時はその時でおいおい変わっていくものなのかもしれない。

「……そういえば、ここは寺院は入るのか？　それらしいもんは見かけなかったが」

「ルクヌヴィス寺院が入る予定はありません。ですから、死なないように注意してくださいね」

「マジかよ」

うめぇ話ばっかじゃねぇだろうとは思ったが、寺院がねぇとなると、死んだら終わりってことだ。

まあ、俺だって死なないように立ちまわっているし、今まで死んだことなんて一度しかない。だが、それでも一度はあるんだ。

未知の迷宮に挑むとなれば、その危険性は慣れた場所の比ではないだろう。

「ですから、E級は2階層までなんです。ちなみに、攻撃魔法を持たない探索者には1階層の探索も許可していませんので、注意してください」

「2層には何が出るんだ？」

「ゴブリンです」

「ゴブリンだぁ!?」

あの忌々しきゴブリンが2層に出るだって⁉

それを聞いて、俺は自分の中の警戒度を上げた。

俺は位階が上がったこともあり、戦士の加護がなくともゴブリン程度ならば一撃で殺せる。

だが、群れと化したあいつらを処理できるかと言われれば自信がない。メリージェンでもゴブリンは出るが、上層には出なかった。中層以降で出る魔物。本来、ゴブリンとはそのレベルの魔物なのだ。

単体の弱さに惑わされた者が、最初に死を経験させられるのがゴブリンなのだから。

「ご心配には及びません。うちの迷宮は大丈夫ですので」

にっこりと笑ってそう言う受付嬢だが、大丈夫なはずがない。

酒の件がなければ、今頃(いまごろ)尻尾を巻いてメリージェンへ戻っているところだ。

せいぜい、潜るときはある程度慣れた戦士と組むように準備しておこう。

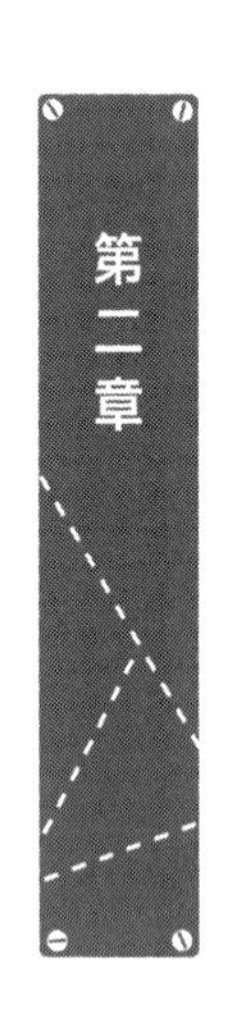

第二章

ダーマ大迷宮のオープン日。

突き抜けるような快晴で、初日にしては探索者も多く集まってくれた。

新規の人が一番多いが、そこそこ経験がある人もいるし、他の迷宮街でやっていた人も少ないながらも来てくれた。そんな年齢も人種も様々な探索者志望者たちが、わいわい談笑しながら営業開始を待っている。

とはいえ規模は学校の学園祭にも及ばない程度でしかなく、私としてはなんだか身内の集まりという感じすらしていたのだった。

実際、迷宮に潜らない子どもや近所の人たちも多い。

「はーい。それでは入場はこちらからになりまーす。本日は全員がEランクですので、2階層までが開かれています。順番を守り行儀よく探索を楽しんでくださいね」

受付嬢に扮したドッピーが、よく通る声で探索者たちを案内する。

最初期に活動する探索者は人格が大事……ということで、ドッピーによる経歴チェックにパスした人しか探索者証を渡していない。

経歴チェックは探索者証を作るときに行われた。

書類の記入時に、握手によりドッペルゲンガーの能力を発動。外見を変えずにその人間になることで、経歴を読み取るというチートである。ドッピーによると、さすがに無限に「変化できる人間」をストックできるわけではないそうだが、瞬間的にその人間になるのはいくらでも可能とのこと。

おかげで、犯罪者や性格に難がある人などは弾くことができた。

「で、マホ的にはどうなの？　初日としては。こんなに集まるのは想定通り？」

私といっしょに少し離れた場所で様子を見ていたフィオナからの非常にざっくりとした質問。

「まあ大体想定通りかな。個人的にはもう少し若者が来ると思ってたけど」

「あー。それはしょうがないよ。このあたりの人は、前のメルクォディアを知ってるから家族も反対するだろうし」

ダンジョンが発生したころ、このあたりの若者、それこそ１００人以上がスライムやゴブリンの犠牲になっている。戦士の加護がある者ならともかく、加護も魔法契約もない者では、本来はダンジョン探索なんてできないのだが、迷宮管理局を入れていないが故に、無鉄砲な若者もノーチェックで出入りできてしまっていたのだ。

「もっと情報が出回れば、近くの若者なんかも来てくれるだろうけど、時間は必要かも」

「まー、プレオープンだし……これからってことだね。それより、私は事故が怖いかな。遅くとも１ヶ月くらいで上層階の問題点はあらかた洗い出したいところだね」

「マホでもわかんないことあるの？」

「そりゃあるよ。ここからはトライアンドエラーだね」

アイネちゃんパーティーや、雷鳴の牙のみんなと協力しあって、優先順位の高い部分のケアはだいたいやったけど、それでも「まさか！」ってことは起こりえる。

安全第一なんて言ったところで、みんな他人だ。困った事態に陥った時、助け合いだってできるんだかどうだか……。

宝箱なんかは絶対取り合いになるのが確定しているわけだし、短絡的な人間がそれを強奪するなんて手段に出る可能性はすでに織り込んである。

なんだかんだで、魔物なんかより人間同士で争い合うことになるのが、一番怖い。

もちろん、探索者同士の喧嘩はご法度で、永久追放もありえると伝えてはあるが、それでも起こるだろう。それが人間というものだから。

腕時計の転売くらいなら許しても、それだけは私は許さない。

最初にそれをやった者は、高い授業料を払わされることになるだろう……。

「マホ、どうしたの怖い顔して」

「犯罪行為は絶対に許さないぞという思いを強めていたのだよ」

「あれだけしつこく警告してれば大丈夫だと思うけどなぁ」

「フィオナは甘いよ。人間の欲望というのは限りないものなんだよ……」

「アイネさんは『もう甘いものは見たくないわ……』って言ってたけど」

「あれは頭オカシクなって、缶詰のアンコをスプーンですくってそのままいくつも食べた結果だから。あと、甘いは甘いでもその甘いではない」

入口では、スタッフの腕章を着けた【雷鳴の牙】の面々がそろって探索者証——腕時計をチェックしている。

腕時計はホームセンターの品で、この世界では絶対に複製はできない品だ。どうやら、みんななくさずにちゃんと腕に着けて来たみたいだ。

転売する人も出てくるかと思ったけど、案外モラルが高くて嬉しいね。

「ポチタマカイザーのお披露目も大丈夫だったし、あとは事故やら喧嘩やらなく初日を終えられれば満点かな」

「探索者の生き死ににここまで敏感なのってマホくらいだし……。もうちょっと気楽に考えてもいいんだよ？　これだけ人が集まっただけで、信じられないくらいなんだから」

「まーだそんなこと言ってるの。うちは寺院がないんだから『死なない』ってのは大前提っていうか、とにかく大事なことなんだよ。できる限りの準備をしたけれどもさ、起きてからじゃ遅いんだよ」

私だって、事故は起こると考えている。

魔物などというコントロールできないものが相手の商売だ。何もかも思い通りになんていくわけがない。だからこそ、その事故に対して、どうリカバリするのかが重要になるのだ。

寺院による「蘇生」はその最たるものだろう。事後処理として最強格のもの。なにせ、死がなかったことになるのだ。これはズルい。神への冒瀆。……いや、神が協力しているのだから、この世界では正当な行為ではあるのか。

とにかく、うちにはそれがない時点で、常に他のダンジョンよりも一歩劣る。宝箱や魔石の買取額など、単純な儲けを出すことでプラスの演出をしているだけなのだ。

ま、とはいえ今日は1階層と2階層しか行けないし（3階層への階段は物理的に封鎖しているぞ！）、ゴブリンの仕切りがちゃんと機能していれば、怪我をする人なんて出ないんじゃないかな！

私、けっこう自信があります！

そんな風に考えていた時期が私にもありました。

「おーい、こっちに来てくれ！　またケガ人だ！　けっこう深いぞ！」

「僧侶！　僧侶はいないか！」

「ちくしょう！　痛ぇ！　痛えよ！」

そう。あれだけ万全を期して迷宮運営をスタートさせても、怪我人は出るのである。

わかっていたことだ。そういうリスクがあるのが探索者なのだから。

安全第一で運営していようがなんだろうが、ゼロにはできない。できなかった。

『怪我人ゼロ』なんてのは、あくまで希望的観測、夢見がちな経営者のファンタジーだってことくらいは、いちおうは理解できていたはず。

でも、けっこうショックだ。

「怪我人はこっちへ！　アンナは水を用意して！　マーサはガーゼと包帯！　ゾラはアイネさんを呼んできて！」

村の奥さん方によって結成された救護班が、大わらわで怪我人に応急処置を施す。

応急処置に関しての知識は、私が一通り教えはしたけれど、できることには当然限りがある。

ただし、ここは異世界。魔法がある世界だ。

魔法がある世界では延命さえできれば、けっこうなんとかなるのだ。街の寺院まで行けば回復魔法を使ってもらえるから。

寺院の治療はもちろん有料だが、傷の治療に関してはまだ現実的な金額だったりする。

毒や麻痺の治療はまあまあ取るというから、魔法体系的に回復魔法は比較的低レベルなものということなのだろう。

ちなみに、うちではアイネちゃんを買収して、救護班に置いている。知り合いで回復魔法を使えるのってアイネちゃんだけだからね。

私も実習の成果を見るべく、救護班の手際を見守る。

外傷に対する応急処置は、とにかく流水による洗浄だ。

水タンクはあっちこっちに置いてあるが、水道は残念ながらない。井戸が一つあるから新鮮な水は手に入るが、井戸水は検査もしていないし少し怖い感じがある。

というわけで、ポリタンクに入れた水道水を使う。

傷口にばちゃばちゃと惜しみなく水をぶっ掛けて、血と共に汚れやバイキンを洗い流すのだ。

ダンジョン内は案外不潔な環境ではないけれど、人間はまあまあ不潔だ。お風呂（ふろ）が贅沢というのもあるけれど、衛生観念がそもそもないに等しいのである。

なので、傷を負えば、汚れた手で傷口を触ったりするし、きれいなガーゼなんかの準備だってない。


「うんうん。言われた通りにやれているね」

てきぱきと処置を施していく救護班のみなさん。

最初はみんな、傷口にガンガンに水をぶっ掛けることに腰が引けていたが、何度もデモンストレーションして見せたうえに（実際の怪我人は用意できなかったから、あくまでフリだが）、救護テントに大量に水を用意したのが良かったのかもしれない。

ちなみにポリタンクは再利用するという名目で回収している。この世界ではオーパーツだからね……。

傷口を水で洗った後は、清潔なガーゼを当て、圧迫止血する。

そのまま、担架でもって、街の寺院まで救急搬送するわけだが、今日はアイネちゃんがいるので回復は任せる。

というか、私としても回復魔法を使える人を専門に置きたかったのだが、マジで僧侶少ないのよ。

「こちらです！　アイネさん、お願いします！」

「また、ゴブなんかを相手にこんなダメージを負ったわけ⁉　私、僧侶じゃないから、回復魔法とかホントに触り程度しかできないのよ？」

「けっこう深い傷ですので！」

ぶつくさ言いながらも、魔法で傷の回復をしてくれるアイネちゃん。

彼女はレベル20の勇者であり、回復魔法は専門じゃないといいつつ、いちおう「ミスミランダの治療魔法」は半分以上は使えるとのことだった。

ただし、魔法……つまり、神の権能とはある種の「奇跡」であり、一日で使える回数が決まっている。擦り傷程度なら6回。深い傷となると2回程度しか回復させられないらしい。

ルクヌヴィス寺院では、人数を揃えることでその問題を解決してるのだそうだ。

「ま―しかし、アイネちゃんを回復要員として起用するのは、マジで緊急的な対策でしかないというか…………無理ありすぎっぽいね」

「ミスミランダ様の権能じゃ、蘇生はできないしね」

「そうなの？」

「厳密にはできるけど…………。すぐ失敗するよ？　だからみんな大金払ってでも寺院で頼むんだし」

「失敗って、灰になるやつか……。それは厳しすぎるね」

死んだ探索者が蘇生に失敗して灰になっちゃったら、私は絶対責任を感じてしまう。

精神衛生的にもそれはＮＧだ。元日本人のアイネちゃんだって、自分の蘇生魔法で死体が灰になっちゃったらショックを受けるだろう。

なにせ、怖くてまだ死んだことないって言ってたくらいだし。

「これ、今はまだ探索者少ないからいいけど、アイネちゃんだけじゃすぐに限界来るよね」

「そもそも、傷の回復なんて自分持ちなのが普通なんだけどね。怪我のケアまでギルドが受け持つなんて前代未聞だし」

「そりゃわかってるけどさ。私ももっと僧侶がいるなら放って置いてもいいと思ってたんだよ。まさか、ここまで僧侶が来ないとは……」

「僧侶はどこでも引っ張りだこだからね」

寺院を呼び込めない以上、魔法的な回復手段は必須だ。

死は回避できたとしても、怪我だって十分に怖い。後遺症が残ることだってあるし、感染症だってある。なにより、怪我をしたことで身体が不自由になれば探索者だって続けられないし、その先の人生だって不自由なものになる。

ちなみに、街の寺院の僧侶にも打診してみたが、けんもほろろに断られてしまった。ルクヌヴィス寺院の僧侶、めっちゃ気位が高いから怖いぞ。

「安全第一でやる……なんて言ったところで、これじゃあ口だけなんだよなぁ」

正直に言えば、なんとかなると思ってたんだ。

ゴブリンだって、フレイムバットだって、私でも余裕で倒せるような魔物だったから。

男の子なら当然簡単に倒せるし、女の子だってそこまで苦労することなんてないと思っていた。武器も持っていないような初心者さんには、ギルドで武器だって支給しているし、応急処置セットも渡してある。２階層だって、ゴブリンは動きを抑制できているし、多くてもせいぜい５体程度のゴブリンと戦えばいいし、無理なら戻ることもできる。

パーティーがない子には、こちらで紹介していい感じに組んでもらったし、そうそう怪我をするような事態には陥らない。そのはずだったのだ。

でも、甘かった。

初日で８人。今日もすでに４人。

死ぬような怪我ではないが、探索続行は厳しいくらいの傷。

回復魔法があればすぐどうにかなる程度の傷だが、僧侶がいなければ死へつながりかねないような傷。

ジガ君によれば、必ずしも迷宮探索に僧侶は必須ではないとのことだが（ジガ君曰く、本当に必須なのは斥候で、斥候の腕が良ければ基本的に僧侶は必要ない……とのこと。実際、経験豊富な斥候であるジャッカルさんがいるパーティーは一切怪我することなく初日の探索を終えている上に、かなり大量の魔石を持ってきたし、宝箱まで見つけている）、それでも僧侶がいれば、安定するのは間違いない。

なにより、ダンジョンの外に「安心」がないのはキツイ。

アイネちゃんがいることで、今のところは最悪の事態には至っていないけれど、この状況だと時間の問題かもしれない。

なにせ、予定通りに人が増えれば、それだけ新人の割合も増えるのだから。

「寺院の招致か……」

「寺院は無理でしょ。お金がなんとかなったとしても、寺院ができるまでにどれくらい時間がかかるんだかわかんないしさ」

フィオナが言うように、寺院はお金だけでなく寺院建設にかかる時間もネックになる。

まさに「今」欲しいのだ、高僧が。

交渉でなんとかなるならいいけど、吹っ掛けられる未来しか見えないんだよな。駆け出しのダーマ大迷宮では、ちょぃと無理っぽいね。

「回復魔法を使う条件ってなんだっけ？」

「ルクヌヴィス様か、治療神ミスミランダ様との契約。特にルクヌヴィス様と契約できる人って少ないし、契約できても寺院に取られちゃうから」

「取られちゃう？」

「洗礼の時に真っ先に調べられて、契約できた子はそのまま僧籍に入らされるの。だから、野良の契約者って本当に少なくて」

「きたないな……さすが寺院きたない」

完全蘇生魔法を扱えるのはルクヌヴィスの使徒だけとのこと。

そして、完全蘇生魔法が使えなければ、それは安心とはならない。

なるほど、詰んでいる。

「どのみちこのままじゃ不味いね。究極、あの手を使うしかないか」

「あの手？」

「奥の手があるでしょ、私たちには……。いずれにせよ一度会議しよう」

迷宮の営業終了後、ホームセンターに集まり今後の運営方針についての緊急会議を開く。

メンバーは、私、フィオナ、セーレ、ドッピー、ジガ君の5人。

アイネちゃんは回復魔法の使いすぎで、すでに酒場で一杯やっていたので除外した。

「回復魔法……特に蘇生までできる人が必要です」

「俺(おれ)のパーティーにルクヌヴィス神の契約者がいればよかったんですが……」

「僧侶ってどこでも引っ張りだこだからね？　私が前に組んでた子も、今はどこにいるんだか……」

ジガ君によると、僧侶の数は魔法使い5人に一人かそれ以下の割合らしい。

だから、探索者も中級までは僧侶なしということが多く、それをカバーするのが斥候なのだという。ただし、斥候は誰(だれ)よりも神経を使い、誰よりも迷宮に詳しくなければならず、さらにいざというときは最後の戦力として戦えることすら求められる、なかなか難儀なものらしかった。

「で、マホ。奥の手って？」

フィオナが促してくる。いや、奥の手を言うよりも、先にみんなの意見を聞きたかったが、まあいいか。

「そんな大げさなものでもないけどね。ドッピーに僧侶になってもらえばいいかなって」

「あー……なるほど。ルクヌヴィス様の使徒になってもらえば一応解決するのか」

「ドッピーには他にもやってもらいたいことあるし、アイデアとしては微妙だけどね」

不遜な言い方になるが、「私になれるドッピー」の価値は唯一無二だ。僧侶は逆にこの世界の人間を連れて来れれば良い。そういう意味では、ドッピーの使い道としては、少しもったいない気がする。

「マスターの言う通り、私もその案は微妙かと考えます。現状のダーマでは私は運営として常駐していたほうが良いでしょう。スタッフたちはまだ、マスターの考えているシステムを完全には理解できていませんから」

「やっぱり？　でもそうすると、回復役がねぇ。このままだと、たぶん一週間以内に死人が出ると思うんだ。ゴブリンにも刃物持ってるやついるし、胴体とかグサーッとやられたら、どうにもならないでしょ」

怪我人ならば許容できる。

迷宮を運営するのだから、怪我は仕方ないと割り切れる。

だけど、死んじゃうのはダメだ。

「……呼び出せばよろしいのでは？」

妙に小さな声でそう提案するドッピー。

『おい、やめろ』

「呼び出す？」

「ええ。ルクヌヴィス神を」

『やめろ。そんな提案はするな』

「ルクヌヴィスを？　どういうこと？」

「あの召喚陣から呼び出せるはずです」

『無理だ。絶対にノー！』

「セーレうるさい」

ドッピーの提案は、想定していないものだった。

なるほど、魔法がこの世界の神によりもたらされるものならば、神そのものを呼び出してしまうというのは妙案だ。

通常ならば、そんなことできるはずがないのだが、私にはできてしまう。

セーレによるとあと一度使えば、あの召喚陣は使えなくなるということだったが、蘇生魔法が使える神を呼び出せるなら、使う価値がある。

っていうか、ルクヌヴィスって普通にドッピーの世界の住人なのか。

「いいね。供物はどうする。本当に来てくれるのかな。ドッピーより高位の存在なの？」

「高位の存在ですが、間違いなく召喚に応じるでしょう。こちらには……セーレ殿がいますから」

『無理無理無理。レディ・マホ、後生ですから』

セーレが冷や汗をかいて普段見たことがない状態になっているが、しかし、突然解決策がでてしまったぞ。

「あ、あの〜、マホ？　これどういう流れ？　ルクヌヴィス様を呼び出すとか本気で言ってる感じ？」

「もちろん、本気だけど」

「ルクヌヴィス様って、あのルクヌヴィス様のこと？　大神だよ？　一番えらい神様なんだよ？」

「そうなの？　神の序列とかって詳しくなくて。ドッピー？」

「いいえ、ルクヌヴィスは神の一柱に過ぎません。セーレ殿と同格ではありますが」

「邪神ってことやんか」

フィオナがセーレのことを邪神って言ってたけど、ルクヌヴィスも実は邪神なのか？

というと、セーレと契約して魔法使いになるというコースもあるということなのだろうか。いや、セーレは誰かと契約とかしなそうなタイプではあるけど。いや？　私がすでに契約しているとも言えるか？　今度聞いてみるか。

それはそれとして、セーレは確か「魔を司る神の一柱」とか言っていたはず。ルクヌヴィスもその仲間ってことか。まあ、どっちにしろセーレが大丈夫だったし、ルクヌヴィスも大丈夫だろう。

なによりドッピーが大丈夫と言っているし。

「セーレ。なんか嫌がってるとこ悪いけど、決定で」

『おわあああ！　レディ・マホの悪魔！』

「セーレが壊れたわ。普段みたいに澄ましてるより、そっちのほうがいいよ」

『血も涙もない！』

マジで嫌がってそうで申し訳ないけど、これは仕方がないことなんだ。

私は神使いの荒い女だからね……。


「で、ルクヌヴィスってどういう感じなの。言うこと聞いてくれる？」

「慈愛に満ちた方ですから、快く協力してくれるはずです」

「良さそうじゃん！」

『嘘(うそ)です！　こいつは嘘をついている！　邪悪！』

「あっはは。ドッピーがそんな嘘つくわけないでしょ。さ、供物を用意しましょ」

セーレの時も、ドッピーの時も、電動工具とかで来てくれたけど、ルクヌヴィスはどうだろうな。

セーレと同格となれば、同じくらい用意すればいいのだろうが、まあ運ぶ手間だけだからね。

魔法陣もそろそろ使えなくなるという話だし、ガツンといってやろう。

セーレが馬の上でシオシオにへたり込んでいるのを横目に、私たちは供物をえっちらこっちら魔法陣のある階層まで運んだ。

セーレが転移で運んでくれれば楽だったのだが、完全に目がうつろで、到底頼める状態ではなかったのだ。どうやら、セーレはルクヌヴィスと知り合いらしいが、どういう関係なんだか……。

案外、見た目が特殊でセーレの美意識に反するとか、そういうことなのかも。ま、私は見た目で判断しないタイプだからね。問題ない。

◇◆◆◆◇

魔法陣の前に、うずたかく積まれた供物。

セーレの時よりもさらにたくさん用意したから、ルクヌヴィス神もきっと来てくれるだろう。ドッピーもセーレも、大喜びしていたからね。

「あとは、セーレ殿の髪を一本真ん中に置いていただければ確実です」

「ほう……？　なるほど」

では一本失敬……と思って近づくと、瞬間移動で10メートルくらい離れたところまで逃げるセーレ。

「なんて厄介な能力……。セーレ、逃げないで、ちょっとこっちに来てちょうだい」

『嫌です。私の髪を抜くおつもりなんでしょう？』

「ふはは。遠くて字がよく読めないんだよなぁ」

『悪いことは言わない。アレを呼び出すのだけはおやめください。きっと災いが降りかかるでしょう』

「災い？　この世界じゃ、一番偉い神様ってことになってるみたいだけど」

『外面がいいだけです！』

こりゃ知り合いで確定かな。

神同士のくせに、意外と人間くささがあるというか、神の世界（魔界だったか？）は案外、人間世界と変わらないのかもしれない。

「まーでも、私が呼び出せば私が契約者としてしっかりしていればいいんでしょ？　大丈夫大丈夫。手綱はちゃんと握るから。はい、セーレ。来なさい」

ドッピーによると、魔法陣による召喚はただ呼び出すものではなく、「供物と交換で下僕を呼び出すもの」。つまり、召喚者の命令には絶対服従なのである。

まあ、そのわりにはちょいちょい自由さがある気もするが、それはセーレがあまりに上位の存在だからなのかもしれない。

『ひどい！　絶対後悔しますぞ！』

セーレの長いサラサラ髪を一本引き抜き、祭壇と化した魔法陣の真ん中へ置く。

う〜ん。絶対後悔するとか言われると、ちょい躊躇するのも確かなんだけど……。

「ドッピー、実際どうなの？　セーレはああ言ってるけど」

「問題ありません」

キッパリ言い切るドッピー。

……ま、どちらにせよここまできてイモ引くつもりもないんだよな。

私は魔法陣の前に立ち、叫んだ。

「我が名はサエキ・マホ！　我が呼び声に応え顕現せよ、ルクヌヴィス！」

魔法陣が私の声に応えるように輝き、供物がシュン、シュンとどこかへ消えていく。

電動工具とか耕運機とか自転車とか、なにが魔神たちの琴線に触れるのかはよくわからないが、ドッピーによると「あっちの世界にも、こっちの世界にもない、高度な技術で作られた品」は美術的な価値が高いのだとか。

神には人間みたいに協力しあって文明を築いていくという発想がない。個体として「強すぎる」が故に、生まれたときから完成されてしまっていて、わざわざなにかを生み出すという発想が貧弱なのだとか。

なので、神たちは人間のその弱さを愛するとかなんとか……。

実際、ルクヌヴィスにとってもホームセンターの商品はお気に召すものだったようだ。

用意した供物がすごい速度で消えていく。

ちなみに、召喚失敗の場合もあるらしく、その場合は供物が全部戻ってくるらしいが……。

「あっ、髪の毛も消えた」

最後の最後まで残っていたセーレの髪も消え、魔法陣がひときわ強く輝く。

その輝きが収束したあと、魔法陣の上には一人の人物が残されていた。

薄墨色のベール。豪奢な漆黒の法衣。そして、それを惜しみなく押し上げる豊満な肉体。絹のように艶やかで豊かな薄桜色の髪は腰まであり、薄暗い迷宮の中でさえ輝きを隠しきれていない。

男か女かはあまり考えていなかったが、ルクヌヴィスは女性神だった。

「きれいな人……だけど、なんか大っきくない？」

そうつぶやいたのは私か、それともフィオナか。

実際、神を模した大理石の像がそのまま動き出したかのように、こう……迫力がある。

あ、あれ？　目がおかしくなってるのかな？

ボリューム感があるというか……、神々しいっていうか……ハッキリ言うと巨女っていうか……。

2メートルを少し超えるくらいは身長あるっぽい上に、スタイルが抜群なものだから、なんというか「デッッッッ！」と叫びたくなる感じ。

そんなルクヌヴィス神が目を開き、みなを睥睨する。

「我は大地、大地は我。求めに応じ参上しました。うちの息子がいつもお世話になっております……」

若干の圧を感じる独特の響きを含んだ声音。

なんか想定よりもずっとデカいが、まあ神だからな……。

いや、違うな。神にしては小さいほうと考えるほうが自然かもしれない。ウ○トラマンサイズという可能性もあったと。

「っていうか息子って⁉」

「セーレ君のことです。こちらにお邪魔しているのでしょう？　あの子ったら、向こうに分体を残して来ているのですよ。ご迷惑をおかけしなかったかしら」

「いえいえ、迷惑なんて。いつもお世話になっております？」

魔神にも母とか息子とかいう概念があるんだ？

いや、あるか。あるといえばあるのだろう。もしかして神って自称であって、違う世界のただの人なのでは……？　いや、そんなこと考えてもしかたがないか。

いやいやいや、頭が混乱しているな。

それにしても、これがセーレのお母さんか。どうみても20代前半にしか見えないのに（デカいけど）。いや神なんだから年齢と見た目に相関関係はないのだろうけどさ。

「セーレなら私の横に……あ、あれ？　セーレは？」

ついさっきまで私の横にいたはずのセーレが消えていた。

「逃げたなあいつ……」

ルクヌヴィスさんは、きょろきょろと周りを見て、なんだか子どもみたいな仕草だ。

セーレを探しているというよりは、この場所が物珍しいらしい。

フィオナを見て、ドッピーを見てから、私を見た。

見たというより、凝視だ。そのまま、ズイズイズイっと距離を詰めてくる。

「あなたは何者？　人間……？　いや、人間ではないのでしょう？　私の知っている人間とは魔力の構造が根本的に違っていますからね」

突然至近距離に詰めてこられると、このレベルの美人は圧が違うわ。物理的にも。

まつ毛長いな！

「私はサエキ・マホ。私も召喚者で……別の世界から呼ばれて来た者なんです。なので、人間ではあるけれど、この世界の人とは違うかもしれません」

「どうりで。あなたは生命としての形が、本来の『ヒト』とはまったく異なっていますね」

「そうなんですか？」

「ええ。あなたはこの地下にあるモノと生命のパスが繋がっている。マホと言いましたね？　あなた、不死なのでしょう？」

「あ、やっぱそうなんだ。蘇生しても記憶の継承はしないでしょうけど。不死かぁ」

「え？　は？　マホ、なに言ってるの？」

「言ってなかったっけ？　私は死んでもあの場所で復活する可能性が高いって」

召喚者というか日本人だから、厳密に言えば、この世界の人間とは違う生き物だろうってのは前提として――ホームセンターの無限在庫の特性からして、死んでも再構築される可能性が高いってのは、来てすぐに感づいていた。なにせ、在庫が無限なのだ。

私という在庫も無限に違いない。

記憶の継承がなされないのは厳しいが、いちおう私が死んだ場合に備えて、メモは残してある。フィオナは気付いていないようだが、私がこの世界に呼ばれたときに倒れていた位置から見えるように継承用ノートを置いてあったりする。

そうすれば、仮に今の私が死んでも新しい私が私を引き継いでくれるというわけだ。

まあ、当然、私が復活できるかどうかは不明だったわけで、あくまで保険として用意してあっただけだったのだが、ルクヌヴィスさんが不死だというのなら間違いないのだろう。

だから、ここから脱出する前――フィオナが転送碑の前で泣いたときだって、究極なんとかなると思っていた。

あの時は言わなかったが、おそらくは私は残機が無限。そのうえ、記憶を継承しないからまっさらな気持ちで攻略を始めることができる。

その特性は、記憶の継承で絶望するよりも良いほうに働いたに違いない。フィオナのことは忘れてしまうだろうが、最後に残った私が新しく関係性を築くことができれば問題ない。どのみち自力で95階層をクリアしなければ出られないなら、他に選択肢もないし――とか考えていたというわけ。

「記憶の継承がないし、死んだ時どういう挙動をするかわからないから、死なない方向でやってますけどね」

「記憶の継承ができない？　ふむ？　ふんふん……。なるほど、こういうことですか……。少し触りますよ…………。これで善し。『現時点のあなた』で復活できるようにしました」

「へ？　マ？」

魔神ってそんなことまで可能なの？　万能すぎるだろ。

「情報を上書きするように変更しただけのこと。ですが、これはとんでもない大魔法ですよ？　少し弄るくらいならともかく、これと同じことをやれって言われたら、私でも不可能。ねぇ、マホちゃん、どういうことかしら？　これほどの魔法がどうして人の世に？　まあ……私やセーレ君を呼び出せる時点で普通でないのは明らかではあるけれど……」

「いちおう、この地下にあるやつって、世界最大の迷宮の最下層のお宝らしいので……。この魔法陣もそのオマケという感じで」

「ふむ……？」

迷宮の最下層と小さく呟いて、ルクヌヴィスさんは、静かに目を閉じた。

私には魔力が見えないからわからないが、なにか魔法でも使っているのだろうか。

しばらくして、得心したというように目を開きうなずいた。

「なるほど……そういうことですか。ここ自体が異界になってるというわけですね」

「異界ってなんですか？」

「現世とも魔界とも違う、そのどちらでもない場所。世界を作る力の歪みが生みだす、３つ目の世界」

「ルクヌヴィスさんは、いろいろ詳しいんですね」

「これでも大地の母ですからね」

さすが大地の母だ。大地のようにでっかいぞ。

「あと、私の名前はルクヌヴィスではありません。こちらではそう呼ばれているようですが、ルクヌヴィスは『死と生命の化身』というような意味の言葉」

そうだったのか。寺院の人間なら周知の事実だったのだろうか？

「私の名前はキュベレー。大地を司る神の一柱。マホちゃん、末永く宜しくお願い致しますね」

前かがみになって私に視線を合わせ、バチコーンとウインクをキメるキュベレーさん。

法衣というか、シスター服みたいな格好なのに、スカートに際どいスリットが入っていて、白いおみ足がチラリ。

う〜む。その色気でシスターは無理でしょ。至近距離では圧も凄いけどね。

「それで、私の仕事はなんでしょう？　召喚者の命は絶対。どのような無理難題でもお申し付け下さい。供物も大変良いものをいただいていますからね」

「キュベレーさんには迷宮探索で死んだ人の蘇生とか、回復とかそういうのをやってもらいたくて……できますか？　毒、麻痺、その他の状態異常の回復とか、あとは解呪なんかもできたらお願いしたいんですけど」

「私の権能を知って召喚してくれたというわけですね。蘇生は私の専門分野。大舟に乗った気分でお任せ下さい」

「回復魔法を使える回数に制限なんかあったりします？」

「ありませんよ。この大地のある限り、無制限です」

豊かな胸を張るキュベレーさん。これは助かる。

「神の権能」を使うことに回数制限がないってのは、神だからなんだろうな。

魔法そのものが、私たちが腕を振ったり唄を歌ったりするのと同じような、本人に当たり前に備わった力なのだ。チートすぎるだろ。

「ところでセーレ君はまだ戻りませんか？　あの子ったら、私になにも言わずに……そう、家出をしているのですよ。少し……教育が必要かもしれません。マホちゃん、呼んでもらえる？」

なるほど、これがセーレが逃げていた理由か。

セーレは厚顔不遜なやつだが、母には弱いというわけだ。

「『セーレ戻ってきなさい』」

セーレは私のこういう命令には逆らえない。そういう契約だ。

しばらくして、めちゃくちゃしぶしぶ顔をしたセーレが転移で戻ってきた。

いったいどこに行っていたのやら……。

「セーレ君！　私が来るからってどこかに逃げたのですか？　あなた」

「い、いえ！　滅相もありません。母君が来られるのに手ぶらではまずかろうと、こうして花を摘みに行っていただけでして、ええ」

「そう？　あら、なかなか美しい花ですね」

「しゃべったぁあああああ！」

なんで⁉　母相手ならしゃべるってこと？

っていうかマジで母なの？　概念的なものではなく？　いや、概念の母ってなんだよって話だけどさ。ていうか私、今の今まで、母を自称してる変な女の可能性をちょっと疑ってたわ。

「彼は、声に魔力が宿ってるから、むやみに口を開かぬようにと命じておいたのですよ。ほら、その子、たったあれだけで影響を受けているでしょう？」

「その子？」

キュベレーさんの視線を辿ると、フィオナがポヤポヤ顔になっていた。

酒に酔ったみたいな感じだ。

「おーい、フィオナ？　大丈夫？」

「セーレ様……好き……」

「うおおおお！　フィオナが魅了されてる！　解除解除解除！」

キュベレーさんが魔法でパパッと解除してくれてフィオナが正気に戻る。

キョトンとした顔をしていたから確認したが、どうやら魅了されていた時のことは覚えていないらしい。

セーレが自分で説明しなかったから聞かなかったけど、こりゃ強烈だわ。

そりゃフリップで喋りますわ……。

あと地味にジガ君にもキュベレーさんが魅了解除の魔法をかけていたから、彼にもしっかり魅了が効いていたらしい。異性特化じゃない能力ということか。こりゃとんでもない爆弾だわ。

「でも私には効かないんだな、魅了」

「あなたは契約者ですからね」

セーレがどこからか摘んできた巨大な花を抱えたキュベレーさんが説明してくれる。

あの魔法陣には、召喚者を害することができない契約が盛り込まれていて、魅了もそれに含まれるのだそう。しかし、本人は意識せずとも能力を発揮してしまう——つまり、オンオフできない力なので、常にフリップを使って会話していたということらしい。

まあ、とにかくこれで蘇生関係もどうにかなりそうだ。

問題は、寺院スルーして蘇生やらなんやらやることに難癖付けられそうというところだが、こっちには向こうの神、ルクヌヴィス本人がいるわけで……そういう場合どうなるんだ？

わからん。というか、私からは色っぽいお姉さんにしか見えないし。セーレのほうがペガサスに乗っている分、もう少し神っぽいが、あれはあれで変だからな……。

キュベレーさんはセーレと共に転移で上層へ飛ぶというので、私はフィオナとジガ君の3人で転送碑まで歩いた。
「フィオナ、どう？　あの人にはあんまりビビってなさそうじゃない。あんな大きいのに」
フィオナはセーレにはかなりビビり散らかしていたし、ドッピーも魔物という認識らしいのだが、キュベレーさんはどうだろうか。セーレの母なのだとすると、まごうことなく魔神だし、見た目にもだいぶ神っぽさあるけど（サイズ感的に）。
「うん。キュベレーさんは平気かも……。魔力の色は変は変だけど」

「変は変なんだ。ちなみに何色？」

「黄色というか……小麦色？」

それは金色なんじゃないか？　超サ◯ヤ人的なオーラがシュワシュワ出てんのだろうか。私も見てみたいなそれは。

「ジガ君は？　なんか全然喋ってないけど、大丈夫？」

「い、いえ……俺は心底驚いています。セーレ殿はその……見るからに魔に連なる者でしたから、魔物と契約する延長のものだろうと、その……納得していたのです。しかし、ルクヌヴィス神は……本物の神です。それをあのように親しげに話せるとは。主殿はすごいですね」

「キュベレーさんね。ルクヌヴィスって呼ぶと、寺院の人たちにバレた時にうるさそうだから、気を付けてね。あと……ふ～む？　ジガ君的には、とても神々しく見えるってことか」

「あのような魔力の輝きは、人や魔物にはありえないものです。彼女は紛うこと無く大神ルクヌヴィスそのもの。フィオナ殿にはわからないのですか？」

静かな声音だが、珍しくジガ君は震えているようだった。

フィオナはキュベレーさんが召喚されてきた時、明らかにホッとしていた。

「思ってたよりマトモだ」と考えていたことは明白である。

だが、ジガ君は逆に「本当に神様を呼び出しちゃったぞ、マジかよ！」となっていたというわけだ。

ダーマには獣人をたくさん呼び込むつもりだから、ガチ目の新ルクヌヴィス教ができてしまうかもな……。

「私はキュベレーさん、優しそうで良かったな〜って思ったかな。実際優しそうだし」

わりとのんきにそんな感想を述べるフィオナ。

貴族の娘のくせに……いや、貴族の娘だからか、けっこうおおらかな性格なんだよな。

でっかくて安心できちゃうママ味は感じるけれど、優しそうか？

怒ったらめちゃ怖いタイプだろ、あれ。

「う〜ん……。フィオナらしくて、それはそれで美徳ではあるけどさ、彼女、優しそうでも神だからね。あんまり心は開かないほうがいいかもよ〜？　これは私の勘だけど、心を許すのはドッピーまでにしておいたほうがいいね。セーレはセーレでちょっと変だし。キュベレーさんはそれの母ってくらいだから。内心では人間なんて虫けらくらいに思ってると考えたほうがいいでしょ」

「マホって、そういう線引き凄いよね。なんで？　魔力見えないのに」

「逆に魔力が見えないからだろうね。それ以外の要素で判断する癖が付いてんのよ」

「俺も業務的関係に徹するほうが良いと考えます。あれは正真正銘の神ですから。本来ならば、言葉を交わすことすら烏滸がましいほど絶対的な存在です」

「そういうことね。処置室もキュベレーさんの部屋は別室を作ったほうがいいわね。あんまり、無辜の民を近づけさせたくないわ」

っていうか、単純に色っぽすぎるんだよ。

身体は大きいけど、逆にそういうのが癖な男性が猛烈にアタックしてくると見たね。

となれば、用もないのに男たちが殺到することになるのは明白だわ。ホームセンターの作業着でも着せとくか？　いや、あのサイズはホームセンターにもないか。

「ま、それはそれとしてセーレのビビり方はちょっと面白かったね。あいつのあんな顔初めて見たよ」

「花なんか持って来てたもんね。ちょっとビックリ」

笑いながら転送碑から1階層へと飛ぶ。

今は営業時間外だから、転送碑の前には誰もいない。

ルクヌヴィス神そのものを呼び出したのは、もしかすると波乱を呼ぶかもだが、ホームセンターもあるし、セーレもドッピーも、でっかくなったポチたちもいる。

もうすでに賽は投げられたのだ。

自重なんてしないで、行きつくとこまで行ってしまえ。

次の日。

早速、ホームセンターのプレハブを持ち込んで、キュベレーさんのための処置室を作った。

普通のプレハブだと小さすぎるので2階ブチ抜き改造品である。キュベレーさん自身が大きい上にめちゃくちゃ力持ちだったので、てきぱきと改造が済んでしまった。

「窮屈でしょうけど、日中はここで重症患者の処置をお願いします」

「暇な時には外に出てもいいでしょう？」

「え、う～ん。……大丈夫ですかね？　キュベレーさんかなり目立ちますけど」

「認識阻害魔法でも使っておけば平気でしょう。私も久しぶりのこちらの世界ですから、みなとお話とかしてみたくて」

「まあ、そういうことなら」

ということで、普通に出歩くようになってしまったが、キュベレーさんは案外社交的なタイプで、認識阻害魔法とかいうのを使って、普通に街の人に紛れ込んでいる。フィオナに聞いてみたら、とにかく「違和感を感じることができない」のだそうだ。私がセーレに違和感を感じない事の逆バージョンみたいなものなのだろう。ただ、サイズはあんまり誤魔化せないのか、通りすがりの人が「でかっ」とか言ってたりするのはご愛敬だろう。

まあ、神が下々の暮らしに混ざるってのは、古今東西よくある話ではある。人間に危害を加えるなと一応命令は下してあるから、悪さをすることもあるまい。


さて、肝心の怪我人の処置のほうはというと。

さすがに命に関係がないような軽い擦過傷なんかまでは面倒みないが、それ以上の怪我や毒、ヤケドなんかも対応することに決めた。もちろん、死者は優先して運び込むことになる。

あんまり大々的に死者蘇生をやるとは宣伝していないが、そのうち噂が噂を呼んで公然の秘密になっていくだろう。

「完全蘇生ができるって宣伝しないの？　いつものマホならそういうのどんどんやるのに」

「さすがにキュベレーさんは規格外というか……それをやっちゃったら、ルクヌヴィス教も黙ってないでしょ。『どうせミスミランダの契約者か、野良のルクヌヴィス契約者を見つけてきて司祭に据えてんだろう』くらいに思われてる程度でいいんだよ。要するに、お目こぼしいただける範囲ってことだね」

「ふぅん……そっか。寺院ってそんなになんか言ってくるのかな」

「わかんないけど、動くと厄介そうなイメージはあるよね」

実際どうかといわれると、私はこっちの世界の人間でもないし「知らない」というのが本当のところだ。でも、彼らは蘇生は自分たちの専売特許にしているわけで、そこを犯す存在を許さないだろうというのは、想像に難くない。

でも寺院にお金を払えず、その辺の僧侶を使って回復役にしてる程度なら、さすがにイチイチうるさく言ってこないだろう。それくらいなら、結局は迷宮探索者パーティーの僧侶が回復するのと大差ないのだから。実際、こないだまでアイネちゃんがそれをやっていたわけで。

まあ、闇(やみ)営業的な気配は残るがいまさらである。

ちなみに、アイネちゃんは回復役をお役御免となって、奇声を発しながら迷宮に突撃していった。どうやら性分的に僧侶役は合っていなかったらしく、相当ストレスを溜(た)めていたようだ。たった数日なのに……。

救護班のみんなには引き続き業務を継続してもらう。

キュベレーさんに処置を頼むかどうかの線引きもあるし、探索者たちに基本の応急処置を学ばせるためにも、彼女たちの役割は重要である。なにせ、水魔法を使えるのに傷口の洗浄すらしない程度には、みんな衛生の知識がないのだ。

うちは世界一安全なダンジョンであると同時に、世界一清潔なダンジョンを目指すぞ！


「……ところでフィオナ。あれ誰だと思う？」

「あー、あの人ね。私も実は気になってたんだ。見たことない人だけど……」

私とフィオナがそれとなく視線を送る先には、風采の上がらない中年男性がいる。

建物の陰に隠れながら、こっそりとダンジョンの様子を伺っている姿は、怪しいなんてもんじゃない。

「捕まえて尋問する？」とフィオナ。

「やろっか。強面（こわもて）を招集するよ」

「いや、セーレさんはやめといたほうがいいよ。マホはわかってないけど、ホントに怖いから」

「現地人のはずのアイネちゃんは完全にほの字だけど」

「アイネさんは変人だから……」

すでに変人の烙印を押されているアイネちゃんに幸あれ。

セーレにも全然相手にされてないけど、猛烈アタックを続けていればいつか変化する時が来る……かもしれない。いや、ゴメン。自称神が考えることは、私にはよくわからんのだ。

いやアイネちゃんの恋路はどうでもいいのだ。

問題は謎(なぞ)の中年男性である。

ちらちらとダンジョンの前に集まる探索者たちをチェックしているように見える。

フィオナに頼んでジガ君を呼んできてもらい、その間に私はそれとなく謎おじに近づき観察することにした。

フィオナによると、私はかなり魔力の感じが幼くて警戒に値しない感じらしい。この世界では妙に幼くみられるのはそれが原因だ。決して見た目が子どもっぽいからではない。断じてない。

とはいえ、位階そのものは最下層の魔物を倒して上がっているのは確実なのに、そのわりには強そうな感じが全然なくて不思議……とのこと。まあ、私はホームセンターのオマケだから、そういうこともあるだろう。転生者のアイネちゃんとは違うのだ。

とにかくモブ感が強いということだ。

だから、近づいてもまったく気付かれない。

いや、それはそれでどうなんだ。あたしゃ忍者かい。

「う～む、なぜだ……？　どこで計画が狂った……？　いや、しかしまだわからんはず……」

ブツブツと何事かつぶやいている。

怪しい。

もしかしたら、家族があるのに探索者の夢を諦(あきら)めきれない系おじさんの可能性も考えたが、どうも違うっぽい。

あと、すごく疲れた風体だからおじさんかと思ったが、よく見たらまだ二十代っぽい。

そうこうしている内にフィオナがジガ君を連れてきて、おじさんをあっという間に拘束した。

「やれ」「はい」の呼吸である。

ジガ君に取り押さえられたおじさんは、顔面を真っ青にさせて、マジビビりしている様子。

まあ、ジガ君は見た目こそまだまだ少年だけど、なんたって獣人だし、レベルだって高い。

最初は逃げようとしたが、わりとすぐに無駄だと悟ったようだった。

「で、何者？」

「わ、私はなにも……！　ただ、迷宮が珍しくて見ていただけで……」

「珍しいってことはないでしょう？　あの迷宮はずっとあそこにあったんだから。それに、あなたのそれ、王都訛りですね。わざわざ王都から？」

フィオナが厳しく詰問する。

訛りなんかあったんだ。確かに少しイントネーションがこのあたりの人と違うかな？　とは思ったけど。

「私は仕事でたまたまこのあたりに来ていただけですので！」

「仕事って？」

「と、土地調査の……」

「土地調査ねぇ。領主の許可は？」

「いえ……それは」

「ふぅん。まあ、隠したって無駄だしいいんだけど」

嘘が下手なおじさんだ。そもそも、名乗らなかった時点でほとんどアウトである。

だってこっちにはドッピーがいる。私たちに隠し事をするのは無駄である。

「いちおう忠告しておいてあげるけど、正直にしゃべっといたほうがいいよ？」

「正直と言われましても、私は……」

「ま、別にいいけどね」

こっちが情報を得るのと、このおじさんを私たちがどう扱うかは別の話だ。

正直に言うのであれば情状酌量の余地があるが、そうでなければその限りではない……ということ。

いや、実際にただのおじさんという可能性もあるわけだが、私の直観でも、それはないと告げている。

というわけで、ドッピーを呼んでシェイクハンドしてもらった。

おじさんはジガ君と待っていてもらい、私とフィオナはギルドの空き部屋で、おじさんへと変身したドッピーと答え合わせを行う。

「うそ……。まだ諦めてなかったなんて」

「まさか迷宮管理局とはねぇ。こうして人を寄こすこともあるんだ」

おじさんは迷宮管理局の職員だった。

しかも、エヴァンスさんのところにはちょいちょい顔を出していた人だったようで、メルクォディアの担当だった模様。

なんで、私たちに正体を隠したのかはわからないが、管理局だと知られたら殺されると思ったのかもしれない。真っ青な顔をしていたし。

私は現代日本出身で性根が平和だから、こんな感じだけど、おじさんは言ってみればスパイだ。産業スパイだか、政治スパイだかわからないが、ハードな世界なら殺される可能性は普通にありえるのかもしれない。身元不明の死体となれば、誰の気にも留まることなく、それで終了だ。

「ふ～む。とりあえずどっかに軟禁しておきたいね。牢屋とかあるんだっけ？」

「いちおうあるよ。犯罪者とか一時的に置いておくとこ」

「じゃあ、そこに突っ込んでおこうか。情報はドッピーから引き出せばいいし、あのおじさんの処遇はまた後で決めよう」

本当はまだ営業始まったばっかだし、迷宮前でトラブル発生に備えてたかったけど、まさにこれ自体が特大のトラブルだ。

口惜しいが、迷宮のほうはスタッフさんたちに任せておこう。

私たちは市庁舎へ移動した。
エヴァンスさんはプレオープンの宴の時には来てくれたが、それ以降は来れていない。
ダンジョンの噂を聞いてだろう、領内に入ってくる人が増えているとかで、事務仕事が増えているらしい。これはリックさんとグレオさんから聞き出したことだが、迷宮そのものというより、宝箱から出てくる品々の情報が近隣の町々へと伝播していっているかららしい。

その影響で、商人や、探索者志望者が増加している。特に行商人にとって情報は命。ダーマ領は行商人もあまり積極的に訪れない土地になっていたらしいから、その反動もあり、人間の動きが活発になってきているのだろうとのこと。

余談だが、街の商人であるグレオさんと行商人のリックさんと知り合ったのは、私ではなくドッピーのほうだった。ドッピーが「私」として仲良くなったことで、私も初対面からいきなり知り合いという謎のスタートを切った。

最初、彼らは宝箱の情報を使ってうまく儲けようとしていたらしいのだが、私がダーマを世界一の迷宮街にすると宣言したことで（厳密にはドッピーが宣言したのだが、ドッピーはつまり私なので、やっぱり言ったのは私ということになる……のか？）、一蓮托生、いっしょに街を盛り立てていくことになったのだった。

私（ドッピー）がお近づきの印に、迷宮からしか出ないはずの酒（ウイスキー）を渡したのも大きかったようだ。

閑話休題。

受付嬢姿のドッピーを伴い、市庁舎へ入る。

管理局のおじさんは、とりあえず牢屋にぶち込んでおいた。

まあ、牢屋といっても、そこまで環境が悪いわけではない。こっちの方針が固まるまでしばらく待っていておくれよ。もう少し迷宮の営業が軌道に乗ったあとならば、管理局員が来ようがスルーできたが、今はまだ時期が悪い。

「というわけで、管理局の人が来てました」

エヴァンスさんに簡単に説明すると、わずかに表情を曇らせ小さく「やはり来ておりましたか」とつぶやいた。

「いずれは来るだろうとは思っていたのですが、こちらではなく迷宮のほうへ直接行くとは思いませんでした。噂の真偽を確かめようとしていたのかもしれませんね」

「こっちには結構来てたんですか?」

「最近はまったく。ただ、元々はたまに来ていたんですよ。近況を聞き、いつでも協力するなどと甘言を吐きつつ、その実、向こうが有利な契約で迷宮を乗っ取ろうとして。しかし、ここ一年くらいは顔を見せにも来ていなかったのですがね……」

「なるほど、じゃあやっぱり何かウワサを聞いたってことなんだろうね」

多分だけど、最近来ていなかったってことは、もう放っておいてもメルクォディアは手に入るとか、そういう算段だったのだろう。

「実際、管理局に泣きつくっていうプランはあったんですか?」

「旦那様はギリギリまで粘るつもりだったようですが、最終的にはそうせざるを得ないというのが、実情でした。ご存じの通り、まったく人の手が入らなくなった迷宮はいつかバランスを崩し、魔物たちが外に出てくるようになりますので」

「魔物が外に?　そんなことあるの⁉」

「マホ、迷宮崩壊だよ。前に説明したじゃん。忘れたの?」

そうだっけ？

いや、迷宮とか魔法とか位階とかなんやらかんやら、覚えることが多くてさ。

「迷宮崩壊を引き起こすことになれば、甚大な被害を引き起こします。中央へ応援要請も出さねばなりませんし、なによりこの領は魔物に飲み込まれるでしょう。下層の魔物が出てくれば、我々では太刀打ちできませんので」

「大災害じゃないですか。むしろ、よく管理局を入れないなんて選択肢をとれましたね？」

「実際に迷宮崩壊が起きたのは、わかっている限りでも数十年前のことなので……現実としてそれが起こるという実感が足りていなかったのでしょう。お恥ずかしい限りです」

実際、迷宮崩壊が起きたのはかなり昔のことらしい。

今は迷宮管理局があるからか、どこの迷宮も安定しているとのこと。どの程度、人間の手を入れる必要があるのかは知らないが、たぶん10年単位で放置するとかしなければ大丈夫なのかもしれない。

管理局がこのダンジョンをどうやって運営するつもりだったのかは知らないが、彼らはノウハウも金も人もあるのだ。どうにだってなっただろう。実際、メルクォディアは6階層にまで至ってしまえば、そこまで面倒なわけではない。逆に言うと6階層以外はだいたい面倒くさいわけだが、アイネちゃんもジガ君も6階層はバランスが良くてシンプルに稼ぎやすい階層だと言っていたくらいだ。

他のダンジョンで鍛えた探索者を、ここに連れてきて6階層で稼がせるだけでも、職業探索者の暮らしとしては十分成り立つはず。

「で、実際のところどうなの？」

ドッピーに促す。彼は今は受付嬢の姿だが、中身だけ管理局のおじさんになり替わることで、おじさんの記憶をそのまんま引っ張りだすことができるのだ。

というか、他人の姿になってもアイデンティティのベースが、その変化した「誰か」ではなく、ドッピー自身にあるというのが強い。

つまり、彼は自分自身を持ちながら他人になり替わることができるというわけだ。

私になり替わっている時のドッピーは、ほぼ完全に「マホ・サエキ」として行動しているが、あくまでそういう擬態をする魔物……ということである。

フィオナによると、私の姿になると魔力の色まで私と同じになるらしく、ほぼ見分けがつかないらしい。まあ、そうでなければドッペルゲンガーとは言えないだろうが。

「端的に言えば、迷宮の運営を手放す可能性を確かめに来たようです」

「手放す可能性？」

ドッピーによると、おじさん――名前をソゴッツという――はけっこう管理局を通してメルクォディアの情報を持っていて、その噂の真偽を確かめに来たのだという。

上司からも「メルクォディアはいつ落ちる？　できませんでは良心がない」とかなんとか言われて、胃の痛い思いをしていたらしい。

宝箱の情報も知っているし、迷宮を大岩で閉ざしていた話も知っている。当然、先日が再オープン日だということも知っていた。けっこう管理局は情報通だ。まあ、迷宮を管理するための組織なのだから、当然なのかもしれないが……。

とはいえ、管理局にはこちらは運営を委託していないわけだし、管理のためのノウハウだってもらっていない。つまり無関係だ。

実際、向こうがなにかを言ってきたとしても、なんの実行力もあるまい。武力を持ってきたなら別だが、そうなったら普通に戦争だよ。セーレとキュベレーさんをけしかけたるわ。

「でも、連中、ここを欲しがってたのは確かなんだよね？　とすると、嫌がらせをしてくるくらいのことはありえるかな」

「それはこの男の記憶にもあります。実際に、悪い噂を流したりはしたようですよ、マスター」

「ふ～む。じゃあ、こっちも小細工しておきますか」

ということで、こっちもやることにした。

少なくともあと半年くらいは、管理局はおとなしくしていて欲しいからね。なにせ、オープンしたばっかりの今のダーマ大迷宮は、赤ちゃんみたいなものなんだから。

王都にある迷宮管理局本部の一室。

重厚な黒檀の机の前に座る男が、報告書を一瞥するなり声を荒げた。

「ソゴッツ！　なんだこれは⁉　あと数年の辛抱だと？　あれから何年経つと思っているんだ？　噂の真偽は！　現地で活動している探索者に裏は取ったのか！」

報告書を提出した人物――ソゴッツは、いかにも風采の上がらない男で、額に冷や汗を浮かべながら手振りを交えながら説明……いや、弁明を開始する。

「ラーワンさん。そ、それがダーマ伯爵の策略だったのです。あの男は、したたかにも人を雇ってダンジョンから出た品だなどと嘯き、ヌケヌケと自領で秘密裡に作成した酒を行商人に渡していたのです」

ラーワンと呼ばれた男は、酒と聞いて少しだけ怒りを収めた。

「噂は聞いている。突き抜けるような強さらしいな」

「それもまた嘘でして……。これが今回入手したその酒なんですが」

「手に入れたのか⁉」

「はい。しかし、噂に聞くようなものでは、とてもとても……」

ソゴッツが鞄を漁り、粗末な瓶を取り出す。

コルクの栓を抜き、水差しのグラスに酒を注ぐ。

それは、ほんのわずかに濁りのある、わずかに赤みのある液体だった。

「まあいい。自分で確かめる。飲ませてみろ」

「あっ」

ラーワンはひったくるようにグラスを受け取ると、グラスを少し回し香りを確認。

その後、一息にそれを口に含んだ。

「あっ⁉　ぎゃひぃいいいいいいいいい！　辛い！　水！　水を持ってこい！　ああーーーー！」

「そんな一気に飲まれますから」

ソゴッツの酒を飲んだラーワンは、その酒のあまりの辛さにのたうち回り、花瓶の中の水を飲むにまで至った。酒でいうところの「辛口」ではなく、元々の意味での辛口だったようだ。

「なんでも口から火が出るほど辛い酒だから、火酒と名付けたらしく……」

「ダーマ伯爵は阿呆なのか⁉　こんなもの、辛すぎてとても飲めたものではないわ！　はー、まだ口がヒリヒリする」

「こ、好みは人それぞれですので……。噂では獣人たちにはボチボチ好評とかで、私が見る限りでも迷宮に来ているのはほとんど獣人ばかりでした」

「獣人ばかりだろうが、あの迷宮に人が集まっているのなら問題ではないか？」

「いえ、奴らは強烈な実利主義者です。稼げないとわかればすぐいなくなるでしょう。なにせ、あの酒くらいしか売りがない上に、あれは人間には売れんでしょう」

「ふん……。つまりこの報告書通りというわけか」

ラーワンは息を吐き、椅子の背もたれに身を預けた。

まだ酒の余韻が残っているのか、ふぅふぅと汗をかき、赤い顔をしている。

噂通りに旨い酒がメルクォディアの迷宮から出るようになったというのなら、多少の無茶をしてでも手に入れる価値があると考えていた。

だが、それが自作自演の上に、普通の人間なら見向きもしないような過激な酒があるだけではそれをする価値はない。

ならば、今まで通りに自滅を待つだけでいい。人や金、リソースは有限だ。メルクォディアの迷宮は規模だけは大きい、うまくやれば十分儲けることができるだろうが、ダーマ伯爵にはそれをやる器量はないことはすでに明白。

そうでなくとも、迷宮の運営というものは、ノウハウの塊なのだ。

迷宮管理局を入れずに、うまくやっている所など存在しないのである。

「酒のことはわかった。ではあの件の真偽はどうだったんだ？　メイザーズの勇者と、メリージェンの獣人の一党がメルクォディアへ移ったとかいう」

迷宮運営にとって、探索者というのは大切な存在である。

彼らは危険と引き換えに魔石を迷宮から採掘してきてくれる、言わば「鉱夫」なのである。

どれほど理想的な鉱山だろうが、鉱夫がいなければ鉱石は得られない。

トップ探索者というのは、その鉱山の一番奥の奥で良質な石を掘ってくる腕利き（うでき）である。彼らの価値は掘ってくる石だけではない。山そのものの情報もいっしょに掘ってくるのだ。

その探索者が引き抜かれたとなれば一大事である。

それが真実ならば、多少強引（ごういん）な手を使ってもメルクォディアを手中に収めなければならない。

「まず、獣人の一党である雷鳴の牙の件。ラーワンさんもご存知の通り、リーダーのジガ・ディンが身売りしています。これを購入したのが、なんとダーマ伯爵だったのです」

「家宝の石を売ったという話だったな。まさか、あの男め、あんな物を隠し持っていたとは、こちらも計算外だったが……それで？」

「ジガの解放を条件に、雷鳴の牙にメルクォディアへの移籍を迫ったようです」

「ほう。それは思い切ったな。で、奴らはそれを飲んだのか？」

「完全移籍ではなく、半年だけの条件でメルクォディアにいることになったようで」

「半年か……」

たかが半年、されど半年。

それだけの期間があれば、メルクォディアの探索はそれなりに進むだろう。

迷宮内部の情報というのは宝に等しい。おそらくダーマ伯爵は、その情報をもってメルクォディアの運営の足がかりにするつもりに違いない。

（ダーマ伯爵め、金はかかっただろうが、悪くない手だ）

ラーワンは内心で唸った。

上級探索者パーティー一つと、中級探索者パーティー3つで等価。そして、中級一つと、初級3つとが等価である。

上級には実際の魔石の価値よりも多少色をつけて買い取りを行っているが、実際には10階層の石と1階層の石とで、そこまで魔力内包量に差はない。

だから、上級探索者とて彼らに石を掘らせても、それ自体はたいした稼ぎを生むわけではない。

だが、彼らに「攻略」をやらせて情報を抜くのならば、話は別だ。

迷宮探索の肝は、難易度の調整にある。

迷宮とは簡単でなければならないのだ。誰にとっても未知であるということは、仕事として潜るには危険すぎる。

しかし、ダーマ伯爵がそのことを知っているのか……？

だが、たった半年と期限を切ったとなれば、石の採掘だけをやらせるために雷鳴の牙を雇い入れた可能性は低いように思われた。

「メルクォディアは息を吹き返すかもしれん。早急に手を打つ必要があるか」

「いえ、ご安心ください。その可能性はありません」

「なぜだ？」

「それがですね、雷鳴の牙の一同からも話を聞いてきましたが、ダーマ伯爵はジガ・ディンをかなり手酷く扱っているようで、雷鳴の牙からすでに相当恨まれているようなのですよ」

「なに⁉」

貴族には獣人嫌いな者が多い。

だが、ダーマ伯爵もそうであったかと、ラーワンは膝を叩いた。

獣人は情に厚い者が多いのだ。それは逆を言えば、根に持つ性質であるとも言えた。

「ダーマ伯爵は獣人の恨みを買ったか⁉」

「ええ。相当なものですね。なにせジガ・ディンには首輪を付けて鎖で引っ張り回し、事あるごとにムチで叩いているという話ですから。雷鳴の牙の面々も『絶対に殺す』と息巻いてるくらいで」

「ならば、半年の迷宮探索は？」

「適当に流して、嘘の情報を流してやるとかなんとか」

「よくお前にそんな情報をあけすけに流したな？」

「そこは、私もこの業界長いので……」

メルクォディアが迷宮管理局を入れていないという話は有名だ。

ソゴッツが管理局の職員を名乗れば、利害の一致、敵の敵は仲間——ということなのだろうとラーワンは理解した。

「それに、メルクォディアには寺院がありませんから」

「それもそうだったな。ならば心配することもないか」

寺院がなければ、無茶な探索はできない。

死のみならず、呪いや、毒、麻痺一つですべて終わりになる可能性があるからだ。

まして、情報のない迷宮なら猶更。迷宮には致命の罠（わな）というものが存在し、その情報は先駆者たちの犠牲によってもたらされるものなのだ。

つまり、死なないように未知の迷宮に潜る……本物の冒険、本物の探索は、慎重に少しずつしか進まない。進められない。それがたとえ寺院のバックアップがあってさえも。

雷鳴の牙は僧侶のいないパーティーだ。ならば本当に心配する必要はなさそうだとラーワンは判断した。

「勇者のほうは？」

「こちらもいつもの勇者の気まぐれのようですね。ラーワンさんもご存知の通り、勇者はゴーレムのような血の流れない魔物としか戦いません。メルクォディアでまともに活動することはないでしょう」

ソゴッツが規定事項のように、胸を張って答える。

ラーワンは実はそこまで勇者の情報を知らなかったが、勇者が特定の階層……しかも、かなり安全マージンを取って戦うタイプだということは聞いたことがあった。

「その話は聞いたことがあるが……、だがメルクォディアの下層の情報は我々も持っていないんだぞ？　下層にはゴーレムやらもいる可能性があるんじゃないか？」

「可能性はありますが、あの勇者がそれをしますかね？　勇者の『死』嫌いは有名でしょう。寺院がないメルクォディアで、そんなリスクを冒すとは到底思えません。……なにより、勇者はダーマ伯爵が金で釣ったにすぎず、実際私が行っている間も、一度も迷宮には入っていませんでしたし。さらに、勇者も彼女のパーティーの男たちも全員遊び人ですから、あんな田舎は耐えられないでしょうしね」

「メルクォディアには賭場すらないんだったか？」

「ええ。それに迷宮から街までかなり距離があります。毎日歩くのはかなり面倒ですね」

それでは無理だろう。メイザーズやメリージェンといった発展した探索街で活動している者なら、なおさら田舎迷宮で潜るメリットがない。

「ダーマ伯爵め、しょせんは田舎者ということだな。同じ金を使うなら、中堅どころをいくつか押さえればよかったものを」

「まさにその通りです、ラーワンさん。ですから、おそらく半年程度は寿命が伸びるでしょうが、その後はすぐに音を上げることになるはずです。最後っ屁というやつですよ」

「わははは。ダーマ伯爵の屁は臭そうだな！　うむ。メルクォディアはしばらく放っておけ。どのみち、今は禅譲の件でやることが山積みだからな」

ラーワンは機嫌良さげにソゴッツを下がらせ、もうその時点で彼はメルクォディアへの興味を失っていた。

部屋を出たソゴッツは、そのまま音もなく管理局本部を出た。

「マスター。ただいま戻りました」

「ドッピーおかえり～。どうだった？」

「首尾良くいきました。しばらくは時間を稼げるでしょう」

「ありがとありがと。でもまあ～、実際には人の口に戸は立てられないからね。せいぜいもって半年ってとこかな。それまでには軌道に乗せたいね」

管理局員であるソゴッツさんに化けたドッピーに王都まで飛んでもらい（実際に飛んだのはセーレだが）、嘘報告で時間稼ぎをした。

どのみち担当者であるソゴッツさんはこちらにいるのだ。物理距離の分だけ情報が遅れるし、その情報の真偽だって確かめるのは難しい世界である。半年程度なら稼げると私は踏んでいる。

ドッピーの話では、本部の偉い人もそこまでメルクォディアを重要視している風ではなかったようだ。

「あー、例のお酒はどうだった？」

「……マスター。あれ、実際どれくらいやってたんですか？」

「鷹の爪を焼酎で漬けて、香り付けにタバスコとわさびを入れたくらい？　私も味見してないから、案外美味しくて好評だったとか？」

「まさか。真っ赤な顔で吹き出してましたよ」

「おほほ。そりゃちょっとイタズラが過ぎたかもしれないわね」

火酒という名前は伝わっているだろうと、火を噴く酒にしてみたわけだが、本当に火を噴いたというわけだ。

まあ、それなら少なくとも酒のこともしばらくは誤魔化せそうである。

で、実際のダーマ大迷宮はというと、ちょっと思っていた以上に盛況だった。

これにはエヴァンスさんもニッコリである。魔石の買い取り所も嬉しい悲鳴で、金が動けば人も動く、人が動けばまた金も動くという好循環が生まれつつある。

死者も……まあ、実はすでに一人出たのだが、キュベレーさんがパパッと蘇生してくれて事なきを得た。

その時に、いちおう治療代をとったけど、安すぎるとちょっと騒ぎになってしまった。

さすがに料金はもう少ししたら見直したほうがいいかもしれないな。

「あっ、そうだフィオナ～。あれ、いつからにする？　そろそろ資料も請求しとかなきゃね。資料請求とかあるのか知らないけど。一度見学に行くでもいいな。セーレがいれば距離はどうにでもなるし」

「アレって……アレのこと？　マホ、覚えてたんだ」

「私が約束を忘れるような女だとでも？」

「けっこう忘れるタイプだと思うけど」

「ンまー、キャパオーバーするとわけわかんなくなることはあるかもだけど！　こういう約束は忘れないって！　地味に楽しみにしてるし！」

「そっか……嬉しい。ちょっと前までは夢物語だったのにな。今のダーマを見ると、ホントに行ける気がしてくるね」

「いや、行くんだって！　現実だよ！　学校！　どこにあるの。王都？　申し込みしなきゃだし、とにかく今度行ってみようよ！」

「うん！」

間章　ある探索者の話2

迷宮が開く日。

俺は早起きして迷宮の前に来ていた。

斥候は迷宮に入ってから出てくるまで、一時も気が抜けない。寝不足は大敵だから、探索日の前日は酒も控えるほどだ。

「それにしても、この腕時計ってやつはすげえ魔導具だな……」

ギルドが探索者証として支給してくれた時計型の魔導具だが、いつでも時間がわかるというのは想像していた以上に便利だった。

俺は常に朝一つ目の鐘で起きるようにしているが、これがちょうど5時。

今まで意識したことがなかったが、「時間」の概念があるのとないのでは、生き方そのものが違ってくると言っていい。

この時計を全員に持たせることを提案したのは、あの子ども……マホちゃんらしい。

なるほど、リックのやつが言うように、普通のガキじゃないのは確かだ。普通はこんなもんを全員に配るなんて狂気の沙汰だ。普通に売ればカネになるのに、そうしないんだから。

ギルド嬢によると、迷宮調査中、宝箱の中から大量に発見されたのだそうだ。つまり、これは迷宮のお宝だということ。本来ならば、オークションに出すような品である。俺は絶対に売らないが、売って金にするようなバカも絶対に出てくる。それくらい、腕時計は素晴らしい。

「よう、早いな。待ちきれなくて起きちまったのか？」

迷宮の周りを何周かして休んでいると、赤髪の男に声をかけられた。

「キースか。俺は毎朝走るようにしてるってだけだぜ。戦士の加護がないやつは、こうして毎日トレーニングしてないと、すぐなまっちまうのさ。お前は？」

「そりゃ難儀だな。俺はポチちゃん一番乗りするために来た」

「ポチちゃん一番乗り⁉　なんだそりゃ」

厳つい戦士の口からはなかなか聞けないような単語が出て思わず突っ込んでしまったが、ソワソワと何かを待っている様子なのは見て取れた。

「は？　お、お前……知らないのか？　ひょっとして昨日の打ち上げに来ていない……？　そういえば、見なかったような気がするが」

「昨日は、今日に備えて街で準備していたし、夜はそのまま宿に戻って早めに休んだからな。そういえばなんかやるって言ってたっけ」

「うわー！　マジか。お前……ギルドが大盤振る舞いしてくれて、建国祭並みに盛り上がったってのに、カァー！　顔に似合わず真面目(まじめ)だねぇ！」

そんなに⁉　いや、確かにリックにも誘われはしたんだが、それより新規の迷宮で斥候をやることにプレッシャーを感じてたんだよ。どのみち、前日じゃ酒も飲めねぇしと思ってやめといたんだが……。

「その時にお披露目されたのが、ダンジョンマスコットのポチちゃん、タマちゃん、カイザーちゃんだ！　これがデッカくてかわいいのなんの」

こいつ……！　むくつけきオッサンのくせに、なに女子供みてぇなこと言ってやがるんだ⁉

「そのダンジョンマスコット……？　ってのはなんなんだ？　ポチちゃん？」

「でっかいワンちゃん、ニャンちゃん、トカゲちゃんよ。しかも、みんな喋るんだぜ？　遊び好きでさぁ、ポチちゃんなんて乗せて走ってくれたりするんだよ。これがもう最高で」

「そ、それで、早起きして来た……ってこと？」

「その通り。ジャッカルよ、そんな顔をするな。見てみろよ、ほれ、あそこ」

キースが顎をしゃくると、そこには獣人たちの一団が、キースと同じようなウキウキ顔でダンジョンが開くのを待っているようだった。はしゃいだ声がここまで届いている。

「あいつらもポチちゃんたちを待ってやがるのさ……。強力なライバルだぜ……」

「探索者だろ……？　迷宮が開くのを待ってるだけなんじゃ……？」

「いや、違う。顔を見ればわかる」

「マジかよ」

確かに獣人たちはまだ探索用の装備を用意していない。

「手ぶらだもんな」

「……いや、あいつら、手ぶらじゃねぇぞ。ポチちゃんたちにあげる『おやつ』を用意してやがる。

「くそっ！　俺はなんにも用意してねぇ。抜かったぜ」

「おやつ……」

　な、なるほど……。確かに肉やら魚やらを用意しているように見える。

　時折、こちらを見る視線は、なにやらこっちをけん制しているようにも……。

「おっ、ダンジョンが開くぞ！　うおおおお！　ポチちゃーん！」

「そんなに⁉」

　キースが大声を出しながらダンジョンへと突撃していく。

　俺はその様子をあっけに取られながら見ていた。

　獣人たちに混じって、ダンジョン前で声援？　を送るキース。

　中から出てきたのは――

「な、なんだありゃ？　魔物じゃねぇのか⁉」

　デカいとは言っていたが、デカいなんてもんじゃねぇぞ。ちょっとした家くらいある犬、猫、トカゲがのっそりと迷宮から出てくるではないか。

　そして、そいつらにキース＋獣人たちが奇声を発しながら我先にと抱きついていく。

　――異様な光景だ。

　ここはただのダンジョンじゃない。マホちゃんが自信満々でそう言っていたが、こりゃ確かに普通じゃない。

キースがポチちゃんとかいう巨大な犬の背中に乗ってはしゃいでいるのを横目に、俺は日課のトレーニングを終え、宿へと戻った。

装備を整えて、ギルドへ。

「おお、けっこう混んでやがるな。パーティーの斡旋もしてもらえるって話だったが……」

俺は斥候だ。一人じゃ潜れないし、できればある程度は有力なパーティーに潜りこみたい。中級で長く活動していて、腕のほうにもちょっとは自信がある。

探索者登録をしてくれた受付嬢のカウンターにとりあえず並ぶと、その隣にいたマホちゃんが俺に気付いた。

「あ、ジャッカルさん来た。こっちこっち！」

「お、マホちゃんか。おはようさん。どうしたんだ？」

「ジャッカルさんのパーティーは私が用意しましたので！」

なんでも、マホちゃんが用意したメンバーで、ダーマ迷宮の探索をリードして欲しいとのことだった。中級以上の実力があれば6層まではすぐいけるらしい。

「だが、新規の迷宮じゃ慎重にならざるを得ないし、そんなにとんとん拍子に進まねえと思うぜ？地図だってこれから作るんだし」

「あ、地図ならもう配ってますよ？　まだ受け取ってませんでした？」

「ギルドが作った地図かぁ。気分を悪くさせるつもりはねぇんだが……使いもんにならねぇだろう？」

前にもメリージェンでギルドが地図を販売したことがあったが、これが初心者には到底理解できないようなお粗末な出来で、逆に遭難者を増やしたなんて話すらあった。それ以来、俺は自分で作った地図以外は信じないことにしている。

「ん、まーどうかな？　確かに地図って人が作った物って使いにくい部分あるかもだけど、十分実用に足る出来だと思うよ？　どのみち、無料だから持ってってちょうだいな」

「無料⁉　地図をただで配ってんのか⁉」

「そりゃあ、そうでしょ。別に私たちは探索者たちに苦労をさせたいわけじゃないんだから。できるサポートは全部やるつもりよ」

すげぇな。メリージェンのギルドが配った地図は、たしか銀貨をボッたはず。

本当にここのギルドは気前がいい。いや、ギルドというよりマホちゃんが――か？

「ほい、コレ。地図。まだ6階層までしかないけどね」

「ありがとよ。……って、おいおい、マジか……」

「どうしたの？」

「……これ、誰が作ったんだ？」

「だいたい私」

「う、嘘だろ……。マホちゃんは斥候なのか？　こんな詳細な地図……。うおっ、4階層なんてめちゃくちゃ複雑な地形だぞ？　これ、確かなのか？」

「それなりに動き回って確認したから、ほぼほぼ合ってるよ。それに目印も置いてるから、迷うこともないと思うな」

事もなくそう言うマホちゃん。俺はこの時、リックの「彼女は凄いよ」という言葉をまたしても思い出していた。

地図を作るってのは言葉ほど簡単なことじゃない。それが万人にわかるように作るとなると、特殊な技能となる。人間によって歩数は違うし、距離感も違う。それを正しく計測しながら地図にすることなど、探索しながらでは不可能だ。

それでも斥候ならば、最低限どこになにがあるかを知っていなければならない。

だが、この地図は根本的にそういうレベルの代物ではない。『完璧（かんぺき）』な地図だ。

「Eランク探索者は2層までなんだったか……」

「そうだね。今日は他の探索者と魔物の取り合いになっちゃうかもだから、お行儀よく頼みますね」

魔物の取り合いは、他の迷宮でも時々起こる。戦っているところに横から来て、自分の魔石だと主張する厄介な探索者というのも実在する。

そういう意味でのお行儀だろう。俺は大丈夫だが、初心者が多い迷宮となると、確かにそういったトラブルは起こりやすそうだ。

「それで、他のメンバーですけど、ジャッカルさんは斥候として、戦士3名と、魔法使い2名とともに潜ってもらいます。僧侶はなしです」

「僧侶なしか。そいつらは、ある程度位階が高いのか？」

「戦士はそうですね」

「なら余裕だな」

2層はゴブリンが出るそうだが、ちゃんとした戦士が3名もいればまったく問題ない。俺は、魔法使いたちを守りつつ立ちまわればいいだろう。


しばらくして、マホちゃんが用意したパーティーメンバーが揃った。

「よう、縁があるなジャッカル」

「お前か。まあ、知ってる奴ならやりやすい」

一人は戦士のキース。こいつはメイザーズで活動していた戦士で、酒好きの上に、ヤバいレベルの動物好きだが悪い奴ではない。今も全身に長い毛をつけたまんま現れて、マホちゃんを唖然とさせているが、返す返す悪い奴ではない。

「フリンだ」

戦士二人目のフリンは、垂れ目が特徴的な色男で、なんと、かの勇者とパーティーを組んでいた戦士らしい。勇者がこの街に来ているという話は有名だが、まさか俺がそれと組むことになるとは。

「勇者パーティーは解消したってことなのか？」

「いや、今はここのマホちゃんの頼みでね。期間限定で個別に活動してるのさ」

「その大盾。タンクか」

「ああ。ゴブリン相手にこれがいるかはわからんけどな」

デカくて重そうな盾をポンポンと叩く。確かに、ゴブリン相手なら盾を叩きつけてやったほうが効果的なくらいだろう。

だが、勇者パーティーといえばメイザーズのトップ探索者だ。位階も俺より上のはずだ。

「ムートですだよ」

もう一人はとても体格の良い牛の獣人だった。

「ムート？　雷鳴の牙のムートか？」

「おらを知ってるだか？　そうとも、雷鳴の牙のムートだべ」

「マジかよ」

メリージェンは獣人が多かったし、俺も獣人と組んで潜ったことも何度もある。彼らを差別する奴らは少なくないが、少なくとも探索者としては人間なんかよりずっと適正がある。

斥候に関しても、認めたくないが猫獣人の瞬発力には敵（かな）わない。まあ、奴らは集中力が長く続かないから、俺たち人間の斥候と比べても一長一短なところがあるのも確かではあるのだが。

しかし、ムートと組ませてくれるとは。

「……確かにこれならマホちゃんが言うように、6層までなんて楽勝でいけそうだな」

フリンもムートも上級探索者だ。油断するつもりはないが、これで1層2層に潜るだけなんて、過剰戦力も甚だしいというものである。

「で、そっちの少年たちが魔法使いってことか」

「はい！　アレスです！」

「ティナです！　よろしくお願いします！」

元気よく挨拶してくれた二人は、まだ子どもと言ってもいいような年齢で、ちょうどマホちゃんと同じくらいに見えた。

魔法使いということだし、まったくの初心者ではないらしいが――。

「二人は元はどこで潜ってたんだ？　メリージェン？　メイザーズ？」

「私たちはここです。二人とも」

「ここ……って、つまり？　メルクォディア？　いや、今はダーマだっけ」

「そうです。といっても、1層専門だったけど」

1層専門とはいえ地元の探索者とは珍しい。メルクォディアはすでに死んだ迷宮で、誰も潜っていないのかと思っていたからな。まして、こんな若いのが。

「2層以降は行ったことあるのか？」

「いちおう3層までであります」

「契約神と位階は？」

「二人とも炎神ア・グノーで、魔法位階は2です。迷宮深度のほうは、お金がなくてまだ……」

炎神の魔法位階が2なら十分戦力になる。少なくとも、あれだけ評判が悪かったメルクォディアで生き残ってきたというのなら、探索者の才能があると断言していい。

これは持論だが、探索者にとって最も大事なのは臆病であること。なにより、生き残ること、だ。一度の死を切っ掛けにして、ずるずると迷宮探索者から足を洗うことになる者は、けっこう多いんだ。

たまに笑い話で聞く勇者の逸話なんかもそう。彼女は決して無理をせず、安全な階層でしか探索をしないという。だからこそ、彼女は生き残り続け、トップ探索者と言われるくらいの力も名声も手にしているのだ。っと、そういえば勇者のパーティーメンバーがこの場にいるんだったな。

「なあ、フリン。全然関係ない話なんだが、聞いてもいいか？　勇者が一度も死んだことがないって本当？」

「ああ、マジだぜ。アイネ様は死どころか、深い傷すら負ったことがない」

「そりゃすげえ」

これには俺だけでなく、他のみんなも驚いていた。

迷宮探索は極端なことを言えば、怪我をしに行くようなものだ。探索の本質は戦闘であり、俺たちは魔物と戦うために潜っている。魔石を掘っているのだから当然だ。だからこそ、怪我は付きものなのである。十分な収穫を得ながら、怪我をしないで戻ってくるというのは、それこそ名人の域だ。

「勇者パーティーの斥候はどんなやつなんだ？　よほど腕の良い奴なんだろう？」

「ロビンっていう猫獣人だぜ。アイネ様とは古い仲で、迷宮内ではロビンの言うことには絶対服従ってのがルールだったな。目的地はアイネ様が決めてたけど」

「やっぱ獣人か。下層での斥候術、教わってみたいもんだ」

そのロビンという斥候。間違いなく恐ろしく腕が立つ。

話じゃ、勇者と共にこっちに来ているというから、話を聞くチャンスがいずれあるだろう。楽しみだ。

ギルドでパーティーの代表一名が「探索計画書」を書いて提出する。

これは読み書きができる俺が代表して行ったが、なんとすべてのパーティーがこれを提出する義務があるとかで、手間取っている奴が多かった。

計画書を提出し認可が降りると、切符(チケット)がギルドから発行されるので、それを持って迷宮の入口へ向かう。

「はい、次。探索許可券と、探索者証を。ああ、探索者証は腕時計のことだぞ」

入口に立っていた獣人の係員に、切符と腕時計を見せる。

「確認しました。時刻を確認。現時刻は9時38分。ダンジョンは17時を過ぎれば閉鎖されますので、少なくとも16時ごろには戻ってこれるように、探索を楽しんでください」

「あ、ああ。なんか他の迷宮と違いすぎて調子が狂うな。あんた、雷鳴の牙のバヌートだろう？　まさか、迷宮の係員をやっているとは驚いたぞ」

「お前も見た記憶がある顔だな。ジャッカルだったか？　俺もまさかこんな仕事をやることになるとは思ってもみなかったが……マホ殿に頼まれてな。強面が受付にいたほうがスムーズなんだとよ」

「わっはは。違いない」

「では、死なないように気を付けて行ってこい。うちのムートを頼んだぞ」

「ああ、行ってくる」

うちのパーティーは6名のフルメンバーだ。魔法使いもいるから1層の探索も可能。俺個人としては1層がどういう感じか確かめておきたかったが――

「とりあえず、入ろう。マホちゃんはしきりに『他の迷宮に慣れてる人ほど驚くと思うよ』って言っていたが」

ダーマ大迷宮と描かれた大看板。

迷宮の入口の大きさは、そのまま迷宮の深さと比例するという。ここは明らかにメリージェンの迷宮よりも大きい。何層まで踏破されているのかは知らないが、相当深いはずだ。俺が生きているうちに最下層まで踏破されることはないに違いない。

「ポチちゃん～！　行ってくるよぉ！」

「ポチ殿～！　行ってくるどぉ！」

キースとムートがダンジョン横で寝そべっていたポチにダイブしている。行くのか遊ぶのかどっちなんだという感じもするが、よほど癖になる触り心地なのかもしれない。

実際、ポチタマカイザー、どのダンジョンマスコットの前にも人集りができているくらいだ。俺も帰りに少し触ってみてもいいかもしれん。


第1層へと降りる。

「第1層はスライムのみが出るといったな。地図じゃあ、案内図通りに進めば2層への階段に出られるとあるが……」

「案内図ってなんだ？」

「わからん。迷宮内にそんなものを置いても、すぐに飲み込まれるはずだが」

そんな話をしながら階段を下ると、すぐにマホちゃんの言っていた意味が理解できた。

「お、おおお？　なんだぁ？　これ」

「板で閉鎖されてるど」

「アレス。元々ここはこうだったのか？」

「い、いえ。こんなの無かったです。明かりも」

そうだ。板壁だけじゃない。明かりまでところどころに設置されていて、迷宮とは思えないほど明るい。さらに「2階層への階段こっち」と板壁に書かれ、あまつさえ矢印まで赤い塗料で示されている。

マホちゃんからもらった地図と照らし合わせてみると、なるほどこの板壁で区切られたルートをひたすら進んでいけば、魔物と出会うことなく2階層へとたどり着けるという塩梅らしい。

こんな迷宮探索があるか！　と言いたいところだが、正直楽だ。

斥候としては、ただ通過するだけの階層で神経を使わずに済むのは助かる。

「スライムは無理に戦うこともないだろうが……宝箱は欲しいな。あるんだろう？　アレスとティナちゃんは拾ったことあるのか？」

「はい。えっと、たぶん俺たちが最初に拾ったんだと思います」

「お、マジかよ。酒が入ってたか?」

「いえ、僕たちの時は手袋でした」

「手袋かぁ。まあ、だが1層から出るなら悪くないな」

「あ、でもマホさんから、なるべくどんどんランクを上げていって欲しいって頼まれてますよね?」

それはこのパーティーを斡旋してもらった時に、言われていたことだった。

実際、このパーティーの適正階層はもっと下だろう。

ランクはどれだけの魔石を納入したかで決まる。つまり、1層なんかでウロウロしてるより、さっさと2層で稼ぎまくってランクを上げてしまったほうが最終的に稼げるってことだ。

今のメンバーならもっと下でも余裕だろうし、他を出し抜いてランクを上げれば、宝箱も手に入るようになる。なにせ、競合する探索者がほとんどいないんだから。

「じゃあ、さっさと2層へ行くか」


実際、2層まではまったく迷う要素がなかった。

通路になっている部分以外には、時折設置されている扉を開かない限りは行くことができない。

通路部分にはどういうことかスライムは一匹も存在せず、これならまったく索敵せず走って突っ切っても問題ないだろう。

2層への階段の前には、水を入れたタンクのようなものがあり、そこに入口にいたバヌートと同じ係員の服を来た獣人が立っていた。

「お水です～。良かったら飲んでいってくださいね～」

「み、みず？　いくらだ？」

「こちらはギルドからの無料サービスとなっております」

「無料⁉」

いや、これは驚くだろ。迷宮内部に係員がいる時点で変なんだが、さらに水を飲ませてくれるとよ。水ってのは必需品だが、持ち運ぶには微妙に重たくて、厄介なやつなんだ。

一杯もらって飲んでみたら、冷たくて美味しい水だった。これなら街で飲んでもカネを取られるかもしれない。

「なんだこのコップ……紙でできてるのか……？」

「使い終わったコップはこちらに捨ててください～」

狐獣人が間延びした声で言う。

こんな白い紙のコップ……捨てるのはもったいねぇんじゃねぇかな。実際、ごみ入れには一つもコップは入っていなかった。俺たちの前に何人かは探索者が入っているはずだから、たぶんみんな持ち帰ったのだろう。

俺も他のみんなもさりげなく自前の背嚢へカップをしまった。

水を飲んで一息入れてから装備の確認をし、２層へと降りる。

地図を確認するに、いかにもゴブリンどもが集まって来そうな地形だ。扉のない小さなへやの集合体で、似たような小部屋が山のようにある。

「俺たちが潜っていたころ、2層でたくさん死んだんです。マホさん、これからは絶対そうならないようにしたって言ってましたけど……」

ゴブリンは厄介な魔物だ。力は弱いが意外と素早いし、刃物を持っている奴なんかは魔法使いや僧侶を一撃で殺したりもする。

なにより怖いのは、闘争本能が強い点だ。一度火が付いた群れは中級のパーティーでも飲み込むことがある。だから、ゴブリン狩りの鉄則は、確実に一匹ずつ数を減らすことだ。

あいつらは仲間が死ねば怯む。グダグダの戦いになると、数は増えるし、連中もどんどんカッカしてきて、思いもよらない行動に出ることもあるからな。

「索敵する。俺の後をついてきてくれ」

戦闘になったら俺は役立たずだ。

その代わり、魔物との遭遇の仕方は、常に最良の形になるように仲間や魔物を誘導する責務がある。そうでなければ、魔物を倒せない俺がパーティーにいる意味がない。

「こっちだ」

地図を確認し、階段を降りてすぐ左へ進む。こっちならば地形的にゴブリンと遭遇したとしても、せいぜい2方向からしか増援が駆けつけることがない。

アクティブで機動力がある魔物がいる階層では、つねに逃げ道を確保するように立ちまわるのが重要なのだ。

「ん……なんだ？　また板があるな」

1層にあったような木の板が行く手をさえぎっている。高さはないが、なんだこれ。

「なんか、囲ってあるから大丈夫とかってマホさん言ってたけど、これのことですかね？」

「囲って？」

なるほど、確かに囲いのようだった。

地図と照らし合わせても、柱と柱の間を板で閉鎖して、疑似的な密室を形成しているらしい。

とはいえ囲いの高さは、俺の身長より少し低いくらいで、中の様子を伺うことができた。

中にはゴブリンが2、いや3体。こちらには気付いていないようだ。

「ふむ、ふむ……。これ、マホちゃんが作ったって言ってたよな」

「そうみたいです。この壁を作るのにすごく時間かかったって、前に話してました」

「とすると」

マホちゃんは、俺が思いつくようなことは当然考えているはずで、つまりこの壁を上手（うま）く使えば、あのゴブリンどももかなり楽に倒せるということだろう。

まあ、壁を使わなくとも、今の戦力ならばゴブリンくらいどうやったって楽に倒せるが、おそらく、そういうことじゃない。

壁には向こう側に向かって開く扉が取り付けられており、開けても自動的に閉まる作りのようだ。

一部には階段が設置されていて、向こう側にいる魔物に一方的に遠距離攻撃を仕掛けることも可能だろう。実際、魔法使いであるアレスとティナちゃんならば、一方的に倒せるとみた。

だが、ここはさらに速度を出したい。こちらは戦士が3人もいるのだ。

「よし。キース、フリン、ムート。そこの階段から中に飛び降りて一気にゴブリンを殲滅できるか？　左のやつをキース、真ん中をフリン、右をムートだ」

「まかせとけ」「楽勝だな」「余裕だべ」

魔法使いたちの出番がないが、たぶんこれが現時点で最も速度が出る戦い方だ。

そして、実際ゴブリンたちはまたたくまに殲滅された。小石程度の魔石が3つ落ちる。

「うん。今くらいの速度でやれば、ゴブリンが増えることもない。どんどん行けそうだな。今日は、ゴブリン狩りに徹して、早めにランクを上げよう」

「了解」

アレスとティナちゃんには悪いが、どのみちこの階層では位階を上げるのは難しいはず。

Dランクになったら10階層までの探索許可が降りるそうだから、さっさと上げてしまいたいところだ。

「おっと、そろそろ時間だな。面白くて夢中になってしまった」
時計を確認したら15時半。そろそろ探索を終える時間である。
最初のうちこそどこからゴブリンが湧き出てくるか、かなり慎重に索敵をしながら進んでいたのだが、ゴブリンはあの板壁を越えることができないらしく、ひたすら前に前に進んでゴブリンを排除していけば良いことに気付いてからは、どんどん殲滅速度が上がっていった。

もちろん最低限の索敵はしているが、その必要がないくらいこの階層は完成されていた。

部屋に飛び込む。ゴブリンを殲滅する。部屋を出て次の部屋に入る。ゴブリンを殲滅する。

これの繰り返しだ。

しかも、ゴブリンは壁を乗り越えて躍りかかる俺たちに、ほぼ無抵抗のまま死んでいく。つまり、すべての攻撃が不意打ち――虚を突いての先制攻撃になるのだ。ゴブリンは防御の弱い魔物だ。先制攻撃を加えることができれば、戦士の加護のない俺でも一撃で倒すことができる。

俺ができるということは、アレスやティナちゃんでも可能だろう。それくらい、先制攻撃というのは重要なファクターであり、斥候は常にその状況を作り出すことに腐心しているほどである。

これをマホちゃんが考えたのだとすると、本当に恐ろしい才能だ。

「宝箱も手に入ったしな！　初日としてはかなりの戦果だろ！」

キースもはしゃいだ声を出す。ここのお宝はかなりの高額で売れると聞いたから、ゴブリン魔石ではさほど儲からないにしても、総額ではまあまあいい線いくような気がする。

いや、魔石だけだとしても、今日だけで倒したゴブリンの数は、なんと１００を超えるのだ。

他の迷宮では、絶対にこんな数を倒すことはできない。

まして、俺たちは全員が完全に無傷なのだ。

時々書かれている「出口はこっち」の矢印を辿れば、すぐに1層への階段へたどり着くことができた。

こんなに迷うことのないダンジョンは珍しい。

1層へ上がり、また水を一杯もらって、そのままダンジョンを出た。

入口のところで、バヌートが退出証明の切符をくれる。この切符と魔石の買取がセットになるのだそうだ。

「どうだった？ 面白かっただろう？」

「ああ。こんなに簡単な探索は初めてだよ。ビビったぜ」

「そうだろう。……ああ、何かこう思ったこととかあるか？」

「そうだな……。楽は楽だったが、これじゃ初心者は逆に迷宮をナメちまうんじゃないか？ ここで育った探索者は、たぶん他じゃ通用しなくなるぞ」

「やはりそう思うか。わかった、伝えておこう」

楽なのは良いことだ。悪いことなんて一つだってない。

だが、楽というのは本来適正のない人間でも「なんとかなってしまう」ことを意味する。

それはもしかすればリスクかもしれない。

……まあ、俺からすれば楽なのはやっぱり嬉しいけどもな。

「ジャッカル！ 魔石は頼んだ！ 俺はポチちゃんのとこに行く！」

「おらもおらも」

キースとムートは相変わらずというか、迷宮探索を終えたばかりなのにポチたちのところに走っていってしまった。

「俺たちはお供しますよ」

「いや、お前たちも遊んでていいぞ。こういうのは斥候の役目だからな」

斥候は雑用係になりやすい。実際、戦闘で貢献できないという引け目もある。

だが、俺は自分自身でもこういう役目が向いていると感じているし、むしろ好きでやっていたりするんだ。

ギルドで退出証明の切符を見せて、魔石を換金する。

その金額は、俺が中級探索者としてメリージェンで活動していた時と、ほぼ差がない額になったのだった。

「あ、ジャッカルさん。おつかれさま。初日どうでした？」

魔石の買取が思わぬ金額になったことに驚いていると、カウンターの中からマホちゃんが顔を出した。

「すごかったぜ。ゴブリンのいる階層があれほど楽に回れるのは、世界でもここだけだろうな」

「おお～。良かった。いちおうテストはそれなりにしてあったんですけど、不安もあったんで」

「まぁ、俺たちのパーティーは全員経験者だったから、あんま参考にはならねぇだろうけどな。初心者パーティーも入ってんだろ？　今日」

「ええまぁ……。実はもう二人も怪我人が出てて」

「マジか？　あれで怪我するかぁ。まあ、魔物と戦ったことがないなら、３匹程度のゴブリンでも苦戦するのかもしれねぇが……」

「なにが悪かったんですかね」

「そりゃ経験だろ。あとは斥候の腕かな」

斥候の働きってのは地味だ。いるのといないのと、その差を実際に体験したやつだけが、斥候のありがたさに気付く。

今日のパーティーは全員俺の指示に従ってくれたが、それはあいつらが歴戦の戦士だったからだ。斥候の言うことを聞いていれば死ぬ確率が下がると、体験として知っているからなのである。

「う〜ん。やっぱジャッカルさんいい感じですよね。よし、決めた！　ジャッカルさん、うちの職員になってくれませんか？」

マホちゃんが手を叩いて、急にそんなことを言う。

「しょ、職員……？　ってなんだ？」

「実はですね、今日のパーティーメンバー。ジャッカルさんとキースさん以外は全員うちの職員なんですよ。まあ、職員といっても探索者としても活動してもらうので、こちらから業務依頼があった時は、そっちを優先してもらう感じですけどね」

「俺とキース以外……？　つまり、今日は俺たちのテストだったってことか？」

「お、やっぱり頭の回転が早い。有体に言えば、そうです。まあ、もともと二人には目を付けてましたけどね」

「キースはどうするんだ？」

「ジャッカルさんから見て、どうです？　彼は」

「悪い奴じゃねぇよ。迷宮内での立ち回りも問題ねぇし、安定しているな」

「なら決まりですね。もちろん受けてくれればですが」

なにがなんだかわからねぇが、マホちゃんに認められるのはなんだか嬉しい。それに、この気前の良い女のやることだ。職員はかなり待遇が良いと見た。

「俺はなにをやればいい？」

「けっこうありますよ？　今、うちの職員で人間の斥候ってジャッカルさんだけなんですよね。新人の訓練所もやろうと思ってますし、迷宮探索のデモンストレーション映像も撮りたいですし、あとは単純に迷宮リノベーションの意見なんかも――」

俺に言っているのか、それとも独り言なのか、ブツブツと早口でいうマホちゃん。俺にはその半分も理解できなかったが――なにか新しい面白いことになる。

そんな予感があった。

俺はこういう予感だけは、外したことがないのが自慢なんだ。

断章

「ああ、ちょうどいいところに。あなた……フィオナ・ルクス・ダーマでしたね？」

「あ、キュベレーさんお疲れ様です」

「あら？　珍しくご機嫌ね？」

「わかります？　マホが私との約束を覚えていてくれたのが嬉しくて」

「ふふふ……。あなたは可愛らしいわね。何も知らない無垢な子ども……」

「え、え、え？　な、なんです？」

「少し……大事な話があるんだけど。いいかしら？」

「あ、はい」

「マホちゃんが不死だって話したわよね？　あの地下の施設と生命のパスが繋がっていると」

「え、ええ。聞いてました。少し、驚きましたけど。でも、少し安心したかも……。マホ、けっこう無茶するほうだから」

「そうね。マホちゃんは死なないわ。でも、フィオナ・ルクス・ダーマ。あなたは知っておかなければならない。これはそれとなく探りを入れてみたけれど、マホちゃんも気付いていないことなのだけど」

「は、はい」

「あの地下の施設と大本のパスが繋がっているのは——あなたよ」

「へ……。え？」

「もし、あなたが本当に望めば、すべての繋がりを切ることができる。少なくとも私なら、それが可能なの」

「そ……そうだったんですか……？　それって……どういうことですか……？」

「わからない？」

「わかりません、私……マホみたいに頭良くないから……」

「じゃあ、教えてあげる。もしあなたが望めば、マホちゃんも、あの施設も……『元の世界に戻ることができる』ってこと」

「——え」

「マホちゃんをこの世界に引き留めているのは、フィオナ・ルクス・ダーマ。あなたなの。覚えておいてね」

書き下ろし短編『フィオナとダーマ迷宮前夜祭』

「みなさんお集まりですね！　今日まで、みんなで力を合わせて準備をしてきましたが、いよいよ明日、新生メルクォディア大迷宮のオープン日となりますです」

「マホ硬いよ」

「やー、ははは。こういうのあんま慣れないからさ。フィオナやる？」

「ダメだよ。みんなマホの言葉を待ってるんだから」

「そお？」

頭を掻（か）いて照れるマホ。

目の前の広場には、手伝ってくれた地元の人たちや、商人さん方、他所（よそ）の迷宮街から来てくれた探索者たち。雷鳴の牙（きば）のみんなに、アイネさんとアイネさんの恋人たちも来てくれている。

いよいよ明日、迷宮を開くのだ。


今日まで何度驚くことがあっただろう。

ずっと寝る間も惜しんで準備を進めてきたけれど、私はマホのことを侮っていたんだなと思わずにはいられなかった。

最初、迷宮を改造するなんて言い出した時は、正直「なにを言っているんだ?」と思った。だって、迷宮は大地の神が作り出したもの。神の試練だと言われている。試練に打ち勝つことで、魔石を手に入れることができるんだから。

それに手を加える——迷宮を改造して「簡単にする」なんて発想。普通は出てこないと思う。少なくとも私には出てこなかった。マホにとっては、当たり前の発想だったみたいだけど。

マホによると、こういうのを「リノベーション」って言うらしい。古くなったものを新しく修復して現代的に刷新する——なんて意味のマホの世界の言葉だ。

……まあ、実際のリノベーションはかなり大変で、2層の改造なんて雷鳴の牙のみなさんが手伝ってくれてなおギリギリという有様だったけれど、マホが2層に力を入れる理由はわかっていたから、ヘトヘトになりながらも、なんとか階層全部にゴブリン止めの板を設置することができた。

私も、雷鳴の牙のみんなも、こういう仕事をしたことがなかったから、なんだかすごく疲れたけど、面白(おもしろ)かった。マホは「『衆心城(しゅうしんしろ)を成(な)す』と言うからね」とか言っていた。人がたくさん集まれば、お城みたいな強いものになるという意味の、マホの前にいた世界の言葉らしい。

マホがやたら人手を欲しがっていたのは、そういう言葉のある世界にいたからなのかも。

街を作るのだって、マホとマホに化けたドッピーさんが大活躍だった。

私は貴族の娘だけど、探索者としての活動しかしたことがないから、それ以外のことは本当に何も知らなかったんだなと、マホを見て思わされざるを得なかった。

マホは本当になんにでも詳しくて、今のダーマみたいに人材が全然いない状況でも、だいたいのことは自分で決めて問題なくちゃんと物事が進んでいった。私だったら、最初の最初で躓いて、どうしたらいいのかわからなくなっていただろう。

マホは、鍛冶屋に何を贈れば喜ぶかを知っていたし。

マホは、宿屋の運営方法も、宿屋に必要な物も知っていたし。

マホは、街の商人たちにも出会って数日で一目置かれるようになっていたし。

マホは、ギルドの運用方法も自分で考えて作り上げてしまったし。

マホは、廃屋の修繕方法も的確だったし、ホームセンターのものを使っての修理指示まで出していたし。

それ以外にも、奴隷落ちしていたジガ君を買うことで、メリージェンの上級探索者パーティーである「雷鳴の牙」をまるごとダーマ領にお引越しさせることに成功しているし、アイネさんのパーティーだってそう。

それ全部、たった20日間くらいの間に、マホがやったことだ。

なんで、そんなになんでも知っているの？　いくら育ってきた世界が違うからといって、マホは私と同い年の少女でしかないはずなのに。

話をしていても、いっしょに過ごしていても、本当に彼女は普通。普通の同い年の少女としか言いようがない（ちょっと変わってるとこはあるけれど）のに、その奥底には計り知れないほどの知識が眠っていて、少し掘り出せば溢（あふ）れんばかりに飛び出してくるのだ。

学生だったと言ってたから、それが理由なのだろうか。

「ここまで紆余曲折ありましたが、どうにか無事に予定通りオープンできそうで、私は心底ホッとしています。人手が足りないというのは当初からわかっていたのに、かなり短い準備期間しか用意しなかったのは、私の傲慢さの現れでありました。実際、それが災いし、いろいろ後手に回ってしまったことで準備が遅れに遅れ、このままでは宿屋どころか探索者にテント生活をさせる感じになるのではなどと危機感を募らせていたところに――」

「マホ、長い長い。みんな早く飲みたくてウズウズしてるから」

「おっとごめんごめん。どうも、こういう場だとある程度以上は喋らなきゃダメだという強迫観念があってね」

マホは喋りだすとけっこうずっと喋る性質だ。みんなの前で喋るのは苦手とか言っていたくせに、喋りだすと止まらないのは、マホだなぁという感じがする。

「じゃあ、とにかくみんな、おつかれさまでした！　今日は楽しんで！　かんぱーい！」

迷宮前に集まったみんながグラスを空高く掲げる。宴の始まりだ。

みんな早く飲みたくてウズウズしていたから、すごい速度でお酒が減っていく。

「みんな、すごい勢いで飲むねぇ。これ、つぶれる人多数って感じになるんじゃない？」

「絶対なるよ。タダ酒が飲めるチャンスなんてそうそうないだろうしね」

「節度を守ってほしいけど……ま、仕方ないか」

子どもたちにはホームセンターのジュースを出したけど、子どもたちだって、あんな飲み物を飲むのは初めてのはずだ。

あっちこっちから「甘ぇ！」『なんだこれー⁉』「シュワシュワするぞ！」という声が聞こえてくる。

「ファンタはまだこっちの子には早かったかもしれないな……。アメリカの企業なんかは、子どもを甘味中毒にさせて未来の顧客に育てていくっていう話だけど、それに近いサムシングを感じる光景だね」

「喜んでるし、いいんじゃないの？」

「大人がアル中になるのは自己責任だけど、子どもが甘味中毒になるのは大人の責任だからなぁ。ま、ジュースはこういう機会にだけ飲める特別なものという風に教育しておけばいいか」

「ダンジョンには出さないんだ？」

「ジュースはね。あんま考えてない」

マホの中で、ダンジョンの宝箱に入れる物品と、そうでない物品は割と明確に分けられているらしく、お酒の中でも「ウイスキー」というやつは宝箱専用だが、焼酎というのは普通に酒場に卸しているし、今日、この場でも出していたりする。

「そのうち瓶ビールは出しちゃうつもりだけどね。瓶ならセーフっぽいし。缶ビール出せないのは、惜しいけど」

「ジュースはなんで？」

「特別感があんまりないし。なによりジュースはこの世界でも十分上回る味のものがあるから。生絞り100％ジュースとか感動の美味しさじゃん？」

そうかなぁ。まあ、確かに季節の果物なんかは毎年楽しみだけど、マホがそれを言うのはなんか違和感がある。あれだけ多種多様な飲み物が売られている世界でも、果物のほうが美味しいってなるのかな。

「そりゃ、炭酸飲料なんかは別だけどさ。あれだって、そこまで高度な技術じゃないわけよ。二酸化炭素を溶かしこんでいるだけといえば、そこまでだし」

「いや、それがそもそもわからないんですけど」

マホにとっては簡単らしいことでも、私たちにはまったく意味不明だ。ニサンカタンソってのが何なのかがわからないし。

やっぱり、学校でそういうの習うのかな。私は学校に行ってないから知らないだけなのかな。

「さー、フィオナ。私たちはアレを用意しよう。みんなお酒も入って気持ちもおおらかになってるだろうし、ここがチャンスだよ」

「普通に出せばいいのに」

マホが言うアレとは、ポチタマカイザーのことだ。

ダンジョンマスコットとかいう、意味不明な役割を与えられた彼らを今日お披露目するのだという。

彼らは魔物と見間違うような大きさではあるけれど、少し触れ合えば優しくて可愛い生き物だとすぐにわかるし、マホの心配は的外れという気がするが、この慎重さが彼女の特徴なのだ。

マホは魔力が見えないと言っていたから、それも理由としてあるのだろう。

「とにかく行こう！　っていっても、すぐそこの1階層のところで待たせてるけどさ」

「ああん、待ってよ！」

◇◆◆◆◇

「やーやや、おまたせおまたせ。じゃあ、みんな用意はいい？　もしかしたら最初は怖がられちゃうかもだけど、大丈夫だからね」

「少し不安だワン～」

「でっかくなっちゃったからニャン」

「ガァ」

3匹とも、なぜか胸元(むなもと)に大きな赤いリボン（マホによると蝶ネクタイというやつらしい）を付けられていて、とても可愛い。これだけ可愛いのだから、絶対大丈夫でしょ。

ポチとタマは人間好きで、私が近くに行くと「フィオナだワン～」とか「にゃんにゃん」とか言いながら身体を擦(す)り寄せてくるので、大変に可愛い。カイザーはちょっと何を考えているのかわからない感じがあるけど……。

とにかくこれだけ可愛いので、マホの心配は杞憂である。

「じゃあ、みんな行くよ～」

で、実際に迷宮の外に彼らを出してみたところ、「迷宮から大きな生き物が出てきた」という絵がインパクトだったのか、大人たちはみんな酒を吹き出すほど驚いていた。

獣人たちは逆に目をキラキラさせていたけれど、一番最初に「なになにこれ～」と近寄ってきたのは、地元の子どもたちだった。

彼らはペンキ塗りとか、雑草抜きとか、いろいろ雑用を手伝ってくれた子たちで、今日も大人に混じって宴会を楽しんでいたのだが、やはり、新しいものに先入観がないのは、子ども——ということなのかもしれない。

「わ～、でっかい犬！　こっちは猫？　こっちのは……ドラゴン…………？」

子どもたちは一定距離を保っており、やっぱりその大きさに圧倒されているようだ。

「さあみんな、あいさつして！」

マホがそう言うと、３匹が並んでお座りして順番に口を開いた。

「ポチだわん。アキタ犬だわん！」

「タマだニャン。ベンガルだニャン～」

「カイザーだガァ。フトアゴヒゲトカゲだガァ」

「「「しゃべったぁあああああ！」」」

何度目かのやり取りだ。私も最初は似たようなリアクションをしてしまったような記憶がある。

いや、だって喋るとは思わないでしょ？　今ではもう慣れたけどさ。

会話ができることで、一気に仲間という認識に切り替わるものだ。だって魔物って喋らないし。

子どもたちも、私やマホが触っているのを見て、最初は恐々だったが、撫で始めた。大人たちも遠巻きに見ている感じだったが、どうやら平和な生き物だということが伝わったのか、だんだん近づいてきて興味津々である。

「この子たちは、ダンジョンマスコットのポチとタマとカイザー！　基本的にここにいつもいると思うから、みんな可愛がってあげてね！　ちょっとおっきいけど怖くないので！　撫でてあげると喜びます！」

マホがマイクを使ってみんなに伝えると、おおーと歓声が上がった。

「それはマホさんの犬猫なのか？」

「ありゃドラゴンか⁉⁉」

「あんなもんをどこで捕まえてきたんだ⁉」

「咬まない？」

みんなから口々に質問が飛ぶのを、マホが一つ一つ答えていくが、どこで捕まえてきたのかについては、「地元の森」と誤魔化(ごまか)していた。

マホの出自については、私の親戚で生まれは国外……ということにしてあるから、問題ないだろう。実際、どこか別の国には、あんな生き物もいるのかもしれないし。

「わ、私たちもご挨拶(あいさつ)していいかニャン……？」

少し遅れてやってきたのは、メリージェンで食堂をやっていた猫獣人(リンクス)のきょうだいたち。ダーマでも食堂をやってもらうことになっており、明日から正式オープンの予定だ。

「どうぞどうぞ。タマ～、この子たちが挨拶したいって！」

「ふ、ふぅおぉおおぉぉぉ。話には聞いていましたけど、なんと優美なお姿ニャ……」

猫獣人たちが感動に尻尾と耳を震わせている。雷鳴の牙のみんなも、ポチタマカイザーをものすごく尊敬の眼差しで見ていたし、そういうものなのか。

よく見たら、アイネさんといっしょに来た猫獣人のロビンちゃんも、一歩離れたところで尻尾を震わせていた。

これはもしかすると、私が呼び出した者たちに共通することなのかもしれない。

ポチタマカイザーは獣人から尊敬されている。

マホは人間から尊敬される……みたいな。

まだ、マホのことよく知らない人は侮ったりすることあるけど、商人とか街のみんなとか、マホのことすでに一目置いているみたい。

当然、私もね。

「マホちゃーん。なんかタイマー鳴ったけど！」
私とマホとで、参加者さんたちに挨拶して回っていると、アイネさんが呼びに来た。
タイマーってのは、目的の時刻になるとピピピと鳴るやつだ。マホと最下層で閉じ込められている間、よく使ったから知っている。

アイネさんは、驚くべきことにマホと同郷だそうで、ホームセンターで売っている商品について、だいたい知っていたし、タイマーの使い方も知っていた。

私とマホの二人だけのものだったのに……なんて、つい思ってしまうのは狭量なのだろうか。

「さあさあ、それじゃあ、やっていきましょうかね。フィオナとアイネちゃんはアシスタントをしてちょうだいな」

「うぇえええ？　私、そういうの全然やったことないんですけど！　料理もマジで冷凍食品専門って感じだったし」

「見よう見まねでいいのよ。フィオナもお願いね。難しくないから。たぶん」

言いながら、火にかけた大きな釜のふたを開ける。

湯気が立ち上って、中から白いお米が顔を出した。

「ごはん？　これで炊いたの？」

「ふっふっふ！　違うんだな、これが！　米は米でも、これはモチ米です。うん。蒸し加減も良さそう。じゃあ、そっちの臼の中のお湯も捨てちゃっていいよ。そこにこれを移すので」

さっきセーレさんの魔法で沸かしたお湯を、木をくりぬいただけみたいな道具（臼というらしい）に一杯に注いでいたけど、そのお湯は捨ててしまうようだ。

お湯を捨てたら、軽くふきんで拭ってから蒸したごはんを臼へと移す。

「よっしゃ、者ども杵柄をとれぇい！　高レベルファイターのパワーを見せてけれ！」

「キネヅカってこれ？　どうすればいいの？」

「マホちゃんってテンション高くて面白いけど、たまにめちゃくちゃ説明不足になるよね」

木製のでっかいハンマーみたいなのが、杵というらしい。

「それそれ。んでもって、こうやってゴリゴリッと米粒を臼に押し付けて潰すのよ。まだついちゃだめだよ。もちをつくのは最後の工程だからね」

「へぇ～。マホちゃんよく知ってるね。餅つきやるなんて、けっこうな旧家出身なの？」

「んにゃ、全然。うちは父親が特殊な人物だっただけ」

マホの話にはよく父親が出てくるのだけど、どういう人なのかはよくわからない。マホの世界でもかなりの変人だったという話だけど……。娘に変人呼ばわりされる親ってなんだろうな。

とにかく言われたように、腰を落として、グイグイゴリゴリ、お米を潰していく。アイネさんと交代でやっているからか、マホが言うような大変さは感じない。

「お、おおおー、すごい！　この作業って大人でも音を上げるしんどさなのに」

「なめんじゃないわよ。こちとらレベル20勇者よ」

「私もレベル16の魔法戦士ですから」

いったいこれが何になるのか、私はよくわかっていないけれど、マホの言うことに従っていれば間違いはないのだ。

しばらくやっていると、だんだんお米のつぶつぶ感が薄れてきた。

ひとまとまりの白い塊になって、粘りがあり、杵にちょっとくっつく感じ。

「んじゃ、そろそろついていきますか。ドッピー、そっちの準備はどう？」

「きな粉と餡子と砂糖と醬油、海苔も用意しましたよマスター」

「おっけおっけ。たぶん一回じゃ足りないから、あとで次のお米も蒸しといて。用意してあるから」

「了解です」

言いながらも、マホが手にぬるま湯を付けて、こねたお米を触ってなにかを確認している。

「ふ〜む、まあこれならいいんじゃないかな。じゃあついていきますか。最初、私とドッピーでやってみせるから、そのあとは頼むよ〜」

最初は見てるだけらしい。周りにもだんだん人が集まってきた。

「んじゃ、いくよ。ホイッ」

「ハイッ」

「ホイッ」

「ハイッ」

受付嬢姿のドッピーさんが杵でお米を叩く。お米がへこむので、マホがそれを畳むようにひっくり返す。そこにまた杵でつく。

「リズムよくやるのがミソなのよ。ウダウダしてると固まっちゃうからね。ホイッ、ホイッと」

ペチンペチンと。

ドッピーさんと交代して、私とアイネさんも見よう見まねでやってみた。ひっくり返す人とリズムを合わせないと、手を叩いてしまいそうで少し怖いが、けっこう楽しい。

そのうち子どもたちも集まってきて「やりたい！」「やりたい！」と言い出した。

「まだまだ何回かやる予定だからね～、子どもたちはちょぉ～と待っててね。その前にこれが完成したら、食べるんだから。つきたてのモチを食べたら感動すっぞ～？」

そんなこんなでしばらくペッタンペッタンして――

「完成じゃ！　ほぅ～れ、みなの衆。これがお餅というものです。うまいぞ！」

マホがまんまるに形を整えて、テーブルにドンっと乗せる。

まだ湯気が出る程度には熱を持ったそれは、柔らかくてモチモチで、なるほど見たことがない食べ物だった。

なにより、マホは美味しいものに目がないタイプで、そのマホが「美味しい」というからには、相当なものなのだろう。原料はお米だけっぽいから、それってつまりお米では？　という気がしないでもないが、彼女の中では歴然として違う食べ物の区分のようだ。

「じゃあ、みんな～。こっちで一人ずつ受け取ってね。食べ方はお任せするけど、初心者はきな粉か餡子がいいかなぁ？　しょっぱいのが良かったら醤油と海苔でもいいし。ドッピー！　デモンストレーションして！」

粉をまぶした板で一口大にとったお餅を丸めて、ちいさなお皿に乗せる。

そこにきな粉という黄色い粉をけっこう豪快にかけて、パクリ。

「最高の出来ですよ、マスター。これならお店が開けますね」

どういう味なのか、見当がつくようなつかないような。でも、美味しそうなのは確かだ。

「じゃあ、フィオナとアイネちゃんも食べてちょうだい。みんなもね～、少し待っててね」

私も一つもらって、きな粉という黄色い粉を付けて食べてみた。

ドッピーさんが「たっぷり付けたほうが美味しいですよ」というのでそうした。

咬むとものすごい弾力があり、ほのかに温かく、柔らかいのにコシがあり、なんとも言えない美味しさだ。ついさっきまでただのお米だったとは思えない。

きな粉の甘さもあるけれど、お米の甘さも感じられるし、香りも良いし、なんだこれ⁉　本当に食べたことがない美味しさなんですけど。

え？　マホってなんでこんなの作れるの⁉

「好きな味で食べてみてね！　喉（のど）に詰まらせないようにゆっくり食べるようにだけ注意！」

マホが一口大に取り分けたモチを会場のみんなにふるまっていく。

私も、次はお醬油で食べてみたくて列に並ぶ。

「フィオナさん、どうおもちは。美味しいでしょう？」

振り返るとアイネさんだった。

「驚きました。ものすごく美味しくて。これって、マホとアイネさんの故郷の食べ物なんですか？」

「そうね。まあ、実際にこうやって杵と臼を使って作る一般家庭はかなり少数だけど。マホちゃんって現役（げんえき）女子高生だったくせに、おばあちゃん並になんでも知ってて驚くわ」

「マホって元の世界でも特殊な感じなんですか」

「そりゃそうよ。私があの子の境遇だったらワンワン泣いてばっかで、なんにも使い物にならなかったと思うよ？　親の教育なんだかなんなんだか、元の世界にもあんま未練もなさそうだし、マホちゃんはかなり変――特殊よ。……あ、私がそう言ってたなんて言っちゃダメよ？」
アイネさんは、そう言ってパチンと片目を閉じた。

――私があの場所で助けを願って、ホームセンターとマホが呼び出された。

ホームセンターの品々はとても役に立った。それがなかったら到底あのダンジョン最下層から脱出なんてできなかっただろう。それは間違いない。

じゃあ、マホは？

マホは「たまたまそこにいて巻き込まれた」みたいに言っていた。

マホ自身も自分のことを「ただの一般人」って言っていたから、そうかなって思ったけど……勇者と呼ばれるほどの探索者であるアイネさんをして、特殊と言われるほどのマホが「たまたま巻き込まれる」なんてことがあり得るだろうか。

（……やっぱり、私が呼び出したってことなんだ）

そして、おそらくきっと――巻き込まれた側なのはホームセンターのほうなのだ。

私の願いは叶（かな）えられ、マホがホームセンターごと呼び出されてきた――


「フィーオナ！　味付けはどうするの？　おーい？」

「えっ!?　あっ、えっと、じゃあお醤油で」

「ほいよ、磯辺巻き一丁ー！」

朗らかに笑うマホ。

その笑顔には、急にこの世界に呼び出した私を咎めるような気配は一切ないない。

出会った日からずっとだ。一度たりとも彼女は私を責めず、それどころか毎日楽しそう。

「……マホが、こんな美味しいもの作れるなんて私、知らなかった」

「んん～。な～に言ってるのフィオナちゃん。私のお料理スキルはこんなもんじゃないよ？　今度、エビを爆買いしてきて、エビ尽くしを振舞っちゃう予定だし」

「エビ尽くし⁉　えっマホちゃん何作るの？　私も食べていいやつ？　いいでしょ？」

後ろにいたアイネさんも話に参加してくる。すっかりアイネさんもマホに懐いてしまった。そりゃそうだよね、マホは凄いもん。

私はマホが渡してくれたお餅を一口で食べた。

黒い海苔というものを巻かれたお醤油味のお餅も、たまらなく美味しい。

「ほかわり」

「おおっと、フィオナ選手！　想定外の順番飛ばしだ！　権力ゥ！」

肩越しにアイネさんが文句を言ってくるが、いいもん。マホは私のなんだから。

私がホームセンターごと呼び出した、私のマホなんだから。

あとがき

お買い上げありがとうございます、作者の星崎崑（ほしざきこん）です。

大迷宮リノベ第二巻、楽しんでいただけましたでしょうか。

前回は迷宮を改造していくという決意をするまで、二巻は実際に運営を開始するところまでで、最後が少しだけ不穏に終わりましたが、まあこの話は基本的にハッピーな物語なので大丈夫です。次巻をご期待下さい。作者を信じろ！


今回も自分の話をします。前回は、古着を買ったら服ブームが来たという話を書いたのですが、その後もしばらくは服ブームが自分の中で来てまして、けっこう散財しました。いい歳してメンズアクセサリーを買ったり、コム・デ・ギャルソンを買ったりとか、1万円のカットソーを買うとか、ほぼほぼユニクロ専門だったくせに、やったことがないことをしてみるという活動を……。で、結論から言うと、かなり服が好きになりましたね。人によっては高い服って「高いだけで意味ない」みたいになるのかもですが、私は明確な違いを見つけて「愛」に変わったタイプです。もともと服は好きではあったけど、やっぱり実際に買って試してみないとわからないことってあるものです。まず単純に形がちょっと違うというのもパターンもありますが、けっこうディティールとか、さらに言うと高い服は「表情」があるんですね。安い服と同じようでいて、その後ろ側にある表情筋の数に明確な違いがあるというか……。表情豊かな人のほうが魅力的に見えるものですが、服にもそれと同じことが起こる。なるほど、これは発見でした。特にTシャツに関しては明確に違っていて驚きました。もちろん、ものによっては、安いものと大差ないやつもあり（シャツなんかは難しい。ユニクロの出来が良すぎるという説もあるけど）、嫁さんには「あんたがいいならいいんじゃない」と皮肉を言われたりもしましたが……。

まあ、そんなこんなでいろいろ買ったんですが、実際のところ生活の中で「ハレの服」を着る機会ってかなり少なくて、少し高い服をたまに買うくらいなら、そこまでお金も掛からないので、これからも楽しんでいこうと思います。ちなみに、ハレの日じゃない普段の服はほぼユニクロです。そりゃそうですよ。そもそもハレの日って一年で十日くらいしかないし……。会社にはパジャマで行くし……（そこを是正しろ）。

最後に謝辞を。

イラストの志田先生。今回もマホもフィオナも可愛くて、新キャラのジガ君やアイネちゃん、キュベレーも魅力的に描いて下さりありがとうございます。担当編集のYさん、今回は今まで以上に誤字脱字などのミスが多くてすみませんでした。これからもよろしくお願い致します。そして、GA編集部の方々、本書の製作販売に関わったすべての方々に最大限の感謝を。

それではまた、次巻でお会いしましょう！

ホームセンターごと呼び出された私の大迷宮リノベーション！ 2

2024年7月31日　初版第一刷発行

著者　星崎　崑

発行者　出井貴完

発行所　SBクリエイティブ株式会社
〒105-0001　東京都港区虎ノ門2-2-1

装丁　AFTERGLOW

印刷・製本　中央精版印刷株式会社

ISBN978-4-8156-1812-4
Printed in Japan

ファンレター、作品のご感想をお待ちしております。

〒105-0001　東京都港区虎ノ門2-2-1
SBクリエイティブ株式会社
GA文庫編集部 気付

「星崎　崑先生」係
「志田先生」係

本書に関するご意見・ご感想は
下のQRコードよりお寄せください。
※アクセスの際に発生する通信費等はご負担ください。

断罪を返り討ちにしたら
国中にハッピーエンドが広がりました

著：みねバイヤーン　画：imoniii

「無実なのに断罪？　理不尽な婚約破棄？　そんなの返り討ちにしてさしあげますわ」

いわれなき婚約破棄を突きつけられている真っ最中に前世の記憶を思い出した公爵令嬢ゾーイ。

厳しい受験戦争を戦い抜いてきた自慢の頭脳と機転で難局を華麗に回避してみせると、かばってくれた第二王子エーミールと婚約し、新しい人生を歩みはじめる――。

聡明なる王子妃ゾーイの改革はやがて、国中に広がり悩める女性に次々と笑顔の花を咲かせていく。

これは、真面目に生きる人が必ず幸せな結末（ハッピーエンド）を迎える物語。